三个深夜喝酒的人

李惊涛——著

中国书籍出版社
China Book Press

图书在版编目（CIP）数据

三个深夜喝酒的人 / 李惊涛著 .—北京：中国书籍出版社，2017.9
ISBN 978-7-5068-6436-7

Ⅰ . ①三… Ⅱ . ①李… Ⅲ . ①中篇小说－小说集－中国－当代
②短篇小说－小说集－中国－当代 Ⅳ . ① I247.7

中国版本图书馆 CIP 数据核字（2017）第 220832 号

三个深夜喝酒的人

李惊涛　著

图书策划　牛　超　崔付建
责任编辑　戎　骞
责任印制　孙马飞　马　芝
出版发行　中国书籍出版社
地　　址　北京市丰台区三路居路 97 号（邮编：100073）
电　　话　（010）52257143（总编室）（010）52257140（发行部）
电子邮箱　eo@chinabp.com.cn
经　　销　全国新华书店
印　　刷　三河市华东印刷有限公司
开　　本　650 毫米 ×940 毫米　1/16
字　　数　170 千字
印　　张　13
版　　次　2018 年 7 月第 1 版
印　　次　2021 年 1 月第 2 次印刷
书　　号　ISBN 978-7-5068-6436-7
定　　价　28.00 元

自 序

人间烟火，滚滚红尘，在我的小说里，呈现的大多是“自此以往”的状态。这不是任性，而是有个东西困扰着我，就是时间。它成了小说的魔咒，只要我一下笔，就开始嘀嘀嗒嗒地朝前走了。我就拿它没办法了。它朝前走着，九头牛也拉不回，一直走到小说尽头，就像火车头到了站，熄火了；我无话可说了，小说也结束了。

我曾经试图改变这种状态，比如穿越什么的，不灵。迟早你还得回来。我也试过空间叙事之类，还是不灵。空间是以时间方式存在着的。以前对时间箭头无师自通，习以为常，不大在意；后来感到匪夷所思，又破解不了，慢慢地，也就认输了，“从”了。

因此，这本选集中的十篇小说，均已被时间降咒或封印过；

任何人、任何事都有“自此以往”的宿命。有些披的是现实的外套，有些穿的是往事的衣裳。您知道，现实，必将成为往事；往事，不消说，曾经是现实。

我写小说产量不高，这部集子里的作品，大多是自己偏爱的。有些获过奖；有些入选过各种选刊，比如《新华文摘》《长江文艺·好小说》什么的；也有的，多次入选中国作协创研室编选的选本；还有的被译为英文，介绍到国外。

深深感谢本书的策划者陈武先生，深深感谢出版者和读者。

作者于中国计量大学人文社科学院

2017.8

目录

目录

蝴蝶斑

1973 年，我 13 岁。那年秋天，我爱上了九条路村里的姑娘艾子。我爱得执著坚定，爱得六神无主，爱得毫无希望。艾子当时已经 19 岁，与我们家隔一条街住着，经常来串门。她来不是因为我。她甚至无视我的存在，进门就问 :“家里没人？”

“我不是人吗？”我说。

“你只是个小屁孩。”她一边说着，一边东张西望。

她太骄傲了。这很不好。我想，她虽然长得漂亮，戏唱得好，也不应该骄傲。将来我娶了她，一定要让她明白，对一个男人，是不能随便叫“小屁孩”的。

“我不是小屁孩，”我当时就挺直了身板，说，“我虽然比你小，但并没在你面前放屁。”

“那能说明什么？”艾子并不看我，依旧在左右张望，“你煞裆才几天？”

她说的“煞裆”，指的是我不再穿开裆裤。我的脸腾地一下红了，因为触碰了我和她之间的一个秘密。

“别东看西看的了，”我说，“我大哥不在。”

确切地说，我大哥平时不在。他 14 岁那年，被县武装部的吉普车从九条路村接走，直接参军，成了中国人民解放军的文艺战士。因为他 8 岁时，跟村里的地主王贵三悄悄学二胡和京胡；13 岁时，已经做了县京剧团的小琴师。当然，大哥不仅有才，生得也眉清目秀，被来县里带兵的一眼相中，从京剧团把他“挖”走了。那段引起九条路村轰动的佳话，我曾经在短篇小说《鞋子》里写过；这里，就单说艾子为什么会到家里来找我大哥。那原因，跟部队 1973 年的“支左”有关：文工团把他派回县里，帮助当地排演节目，狠批林彪的“极右实质”，宣传“战无不胜的毛泽东思想”。大哥回县，第一件事情就是挑演员。县里为配合他，下通知、贴海报，要求 30 个公社分别推荐“根红苗正”“无限忠于毛主席无产阶级革命路线”“18 岁至 22 岁”的男女青年各一名，送到县里，由我大哥筛选。据说，淘汰率令人揪心，是 50%。那天下午，九条路村正在物色演员人选。现在，你知道艾子到我家来的心事了吧？

“谁说我找你大哥？”艾子被我说中，脸像我一样红起来，撒谎说，“我不是找你大哥。”

“难道你是来找我二哥？”我说，“二哥也不在。”

“我找你二哥干什么？”艾子的脸由红转白，说，“我是来找你大姐要的。”

我大姐，是艾子的“闺蜜”。我鼓足勇气说：“我知道你跟大姐好，可我也不错啊。”

“你？”艾子说，“你还是个小瓜纽子。”

艾子的意思是，我还太嫩。我顿时像吞了口热地瓜似的，噎住了。我知道艾子爱的是我大哥。正像我爱她却没有任何希望一样，她爱着我大哥，也是剃头挑子，一头热。根据二哥的情报，在九条路村，爱君就是艾子最大的克星。但艾子不这么认为。她仗着与我大姐关系好，不把爱君放在眼里。我不忍心再耽搁艾子的时间，告诉她，大姐刚刚离开家，急匆匆的，八成是到村口大队部去了，因为大哥正在那儿帮村里挑选演员。

艾子听说大姐已经去了大队部，转身就朝外走。我跟在她后面说：“有时间来耍。”她就像没听见一样，头也不回，噌地一下，不见了。

艾子走后，我愣了一会儿神。后来，我像大人那样叹了口气，收拾了铲子和筐头，到湖地割草去了。按照妈妈的要求，我放学后，必须割满一筐头青草，全天任务才算完成。因为猪圈里有头“巴克夏”，还等着喂呢。

当天傍晚，炊烟从家家户户烟囱里冒出来，混成一层乳白色的薄雾，罩在九条路村上空。我鞋上沾了不少污泥，筐头里塞满青草，从湖地里回来了。远远地，我看见艾子、爱君和大姐，簇拥着大哥从村口大队部出来，朝村里走。他们说说笑笑，还掺着几嗓子戏腔。大哥一身绿军装，脚上的皮鞋老远闪烁着黑亮的光。他走在她们中间，挥动手臂，就像舞剧中的洪常青，指点着空中我看不见的东西。其实，当时我眼里只有艾子。我是先看见艾子，接着才看见大哥、大姐和爱君的。看见他们兴高采烈的样子，不知为什么，我心里有点恨恨的，喊道："嗨，你们站住！"

大哥站住了，其他人也跟着停了下来。大哥低头看着我，说："剜青呐？"

这句"剜青"的问候，一下子把我想要对他们发泄点什么的想法，给封住了。在九条路村，"剜青"就是割草的意思。大哥在城里当兵四五年，还没忘记家乡话，说明没忘本。我敢喊住他们，是因为我做着体力劳动。体力劳动，在1973年，在九条路村，甚至全中国，是很光荣的，有资格对那些唱唱跳跳的人大声说话。但是，对并没忘本的大哥，我的声音却大不起来。我说："演员挑好啦，村里？"

大姐说："你怎么什么都知道。"

"群众是真正的英雄，"我背诵着一条毛主席语录，但悄悄改了一个字，"而你们，往往是幼稚可笑的。"

"真正的英雄，"大姐撇着嘴说，"那你猜猜，村里挑中了谁？"

我扫了他们一眼，对大姐说："反正不是你。"

"哈，猜错了吧？"大姐说，"就是我！"

"你？"我把沉甸甸的筐头从左肩换到右肩，说，"要是你能到县里，我就能到省里啦。"

“那你到省里好了，”大姐生了气，说，“就怕省里不要你！”

“所以，你不会给挑中到县里。”我说。

“凭什么她不会给挑中到县里？”爱君腔调怪怪地说，“我看，她唱得比谁都好。”

“去年村里演《三月三》，她的嗓子不是叫琴师的二胡顶哑了么？”我帮他们回忆起往事，说，“要挑中了她，人家还以为靠大哥、走后门呐。”

“那你猜，”艾子问我，“村里会挑中谁？”

艾子自以为戏唱得好，想叫我猜她，在大家面前长面子。我想起二哥说过，村里选演员，爱君天时、地利、人和都占全了。如果继续猜，我肯定要伤艾子的自尊心。好在离家门口不远了，我表示不猜了；过两天，谜底自己就会跳出来。但是，艾子却不体谅我的苦心，伸手拦住我说：“不行，你这个小屁孩，必须得猜；不猜不许回家吃晚饭！”

她竟然当众叫我“小屁孩”！我一下子像张飞那样生气了。

“你不识谱，光唱得好也没用！”我说，“村里不会挑你的！”

“错！”大哥说，“我让村里送到公社的，就是她。”

我愣了，望着爱君，有求援和求证的意思。但爱君什么都没说。艾子并没因为我说她不识谱而生气，一字一顿地说：“知道了吧，小屁孩？你大哥挑中了我！”

天色很暗，我看不清爱君的脸；不过我猜得出，她的表情一定很郁闷。

但是，那年秋天九条路村送到公社让县里筛选的演员，最后还是爱君。按说，爱君戏唱得没有艾子好，人也不比艾子出色，但是她父亲在县供销社工作，手里有紧俏的布票、油票和豆腐票，村里和公社很多人都围着他转。所以，尽管我大哥在村里推荐了艾子，几天后，爱君还是打扮得像白雪公主，穿上平时舍不得穿的小皮鞋，在艾子和我大姐的艳羡里，到公社报到去了。据说那天大哥看见爱君，直截了当地问："你怎么来了？艾子呢？"

爱君说得到更加直截了当："公社送我来的。艾子在公社给淘汰了。"

"那我就在县里淘汰了你。"大哥说，"简直乱弹琴！"

"你不会淘汰我的。"爱君笑眯眯地说，"只要什么都听你的，我就能留下来。"

爱君以坚韧不拔的忍耐和令人惊讶的勤快，最终通过筛选，进入了胜出的50%。在渔鼓说唱《四个大嫂批林彪》挑选演员时，爱君又主动请缨，饰演了其中一个大嫂。那时候，我在邻村小学上五年级，没法到县城看大哥排演节目。好在大姐和二哥正在县城上中学，课业稀松平常，经常要学工、学农和学军，兼带"批判资产阶级"；所以，他们有时间到县剧团看大哥排演节目。放学回家，他们说大哥做导演时，凶得很，经常大喝一声"停"！然后就批得姑娘流眼泪，小伙子翻白眼。

小伙子怎么翻白眼，我并不关心；我关心的是爱君是否被批得流了眼泪。选演员的过程一波三折，结局却在我意料之中。让我感到纳闷的是，大哥既然相中了艾子，为什么又接受了爱君？尽管我对艾子的爱没有希望，尽管我知道艾子钟意的是我大哥，我依然不希望爱君在大哥那里取代了艾子。大哥辅导爱君演戏，纯属“肥水流入外人田”；我所爱的艾子，没法受益。你看，一个13岁少年不顺利的爱情，已经显现了一点私心，一点排他性，还有一点牺牲精神。

艾子也忍不住到县城去看大哥排练节目，看得目不转睛，看得废寝忘食。回到九条路村，她经常到我们家与大姐交流心得，一会说我大哥做示范时，她心都要跳出来了；一会说爱君唱渔鼓时，老是跑调，“不沾弦”。据说被大哥批了几次，爱君的眼睛哭得又红又肿，已经从上场演员变成了“替补”。我听了，暗自高兴。我希望艾子能够到县里接替爱君，好好表现，以证明我眼光准，会看人。

“你去吧，艾子。”我对她说，“爱君在县里，纯粹是耽误工夫！”

“你以为你是导演啊？”艾子对我说，“得你大哥说了，才算数呢。”

“已经上五年级了，”大姐对着艾子说我，“就以为什么都懂，能替人做主了。”

我当然不是什么都懂，但有些事情，我的预言却应了验。艾子后来真的被大哥要到县里，做了和爱君一样的“替补”。大姐回家说，艾子去练了不几天，就赶上“支左”部队首长到县剧团审查节目。我大哥让两个“替补”轮番上场，与另外三个“大嫂”配戏。据说，爱君从上场到下场，节目审查人基本上面无表情。艾子上场了。渔鼓在她胯上和胸前，有节奏地发出令人心动的“嘭嘭”声，她唱道——

哎，咱就唱一回，东风万里红旗飘

四个大嫂来到打麦场批呀么批林彪……

审查节目的驻军政委问我大哥：“这个大嫂，不，这个姑娘好多了。她哪里的？”

我大哥及时补充了艾子的信息，说是刚从公社抽来的“替补”，在考察要不要正式吸收进节目组。

“可以进组，但要严加训练。”政委说，“她还有点紧张。不，是太紧张了。那么紧张干什么？！”

艾子正式进了节目组。我大姐也很高兴，因为她最好的朋友如愿以偿了。我兴奋地问大姐，艾子正式进组以后还紧不紧张。大姐说不凑巧，她每次去看节目排练，艾子不是在宿舍扑粉，就是在水房洗脸，而且一洗老半天；而她或者急着回学校上课，或者急着赶回九条路村，一个星期下来，竟然没看到艾子排戏。

半个多月后，大姐依然没见到艾子，却从县城带回来一个让我大吃一惊的消息：艾子被县里退回来了！我焦急地问为什么；大姐说没见到艾子，不清楚。我到艾子家询问，她家里人闭门不开，说艾子不想见人。那几天，据二哥说，我焦虑得面目狰狞，脾气很大，跟谁说话都“戗得很”。

不几天，有关艾子在县里那些天的情况，也传到了村里，说艾子正式进组排戏后，脸颊慢慢出现了“说不清”的问题。脸上先是星星点点地出了“雀斑”。她敷粉也不是，遮阳也不是，只能反复跑到化妆间，一遍遍洗脸。接着，“雀斑”只增不减，后来连成一片，成了“蝴蝶斑”。据说，连粉彩和油彩都盖不住了。节目组议论纷纷，给大哥带来了不小压力。有一次，大哥在排练时批评艾子，她竟然当众发出了类似抗议的哽噎声。大哥立刻雷霆震怒，吼道：“哭什么？扛不住批评，就一边稍息！”

艾子收低了哭声，嗫嚅着说：“你能不能……对人家好一点儿。”

听了艾子的话，现场立刻议论风生。众人的目光，先是从艾子身上转移到我大哥身上，接着又从年轻导演身上转移到哭泣的女演员身上。那样的情景，显然令排练受到了干扰。

“你暂时回九条路吧，找医生调治几天再说。”大哥说，“爱君，你来接替艾子！”

在爱君对我大哥欢快和清脆的应答声中，艾子黯然离开县城，回到了九条路村。

“你们谁知道，”家里吃晚饭时，我问，“什么是‘雀斑’？什么是‘蝴蝶斑’？”

母亲和大姐面面相觑，或者是交换眼神，想必在思考怎么回答我。二哥很早就患上了“人之患”。他放下饭碗，告诉我说，“雀斑”就是像麻雀那样的斑；“蝴蝶斑”就是像蝴蝶那样的斑。

我听了，仍然觉得一头雾水，匪夷所思：脸上怎么会生出像麻雀的斑？然后麻雀怎么又变成了蝴蝶？人脸上的斑怎么都带着翅膀？

"小鸟和蝴蝶，不都很好看么？"我又问，"为什么长了带翅膀的斑，就要退人？"

"你的脑子是榆木疙瘩？"二哥训斥我说，"演节目的时候，观众光看小鸟和蝴蝶了，谁还看表演？不是干扰批林彪、破坏宣传毛泽东思想吗？"

母亲和大姐听了，都笑着点头，看来对二哥的解答十分满意。

但是，村里出现了和我们家人解释不同的流言蜚语，纷纷说艾子脸上生了"雀斑"，又长成"蝴蝶斑"，是另有原因，而且跟男女作风有关。上年纪的妇女言之凿凿，说女人只有怀孕时，有了妊娠反应，才会长那样的斑，而且必然长那样的斑。艾子怀了孕？怎么可能？我对那些风言风语，完全不信。我认为艾子绝对不是那样的人。那年冬天，当我在街上听九条路村一个叫瘦根的说，艾子晚上排完节目后，经常偷吃我大哥的油条，我立即跳到他跟前，大声辟谣：

"胡说，完全是胡说！油条一人一根，艾子自己也有！"

"你懂个屁呀！"瘦根说，"油条一人一根是不错。我有，你也有——就是小一点；可是艾子，她没有！"

"你才懂个屁呢。"我说，"宣传队的伙食标准，县里都是统一的！”

在九条路村，瘦根是有名的“损粑”。“损粑”在村里方言的意思，指的是那种游手好闲、专门找缝下蛆的人。我不愿再搭理瘦根，开始走街串巷，为艾子义务辟谣。但是，树欲静，风不止。九条路村的老百姓宁可相信捕风捉影的传闻，也不信我说的基本事实。他们扎堆议论，津津乐道；瘦根添油加醋，煽风点火，最后把我也搅进去了。

“他为什么辟谣那么积极？”瘦根对村里人说，“太奇怪啦。”

接下来，我听到的传闻是：艾子连我的油条也不嫌小，一起偷吃了。这简直是胡扯！我们家早饭和晚饭从来看不见油条；我都没得吃，她到哪里去偷？！我的四处辟谣很像一只愤怒的小鸟，到处啄虫，身心俱疲，但于事无补。后来我发觉，村里人在谈论艾子时，好像很喜欢把我牵进去，扯在一起；就是说，那些人已经把艾子和我看成有特殊关系的人了。这让我心里忽然觉得很受用。我停止了辟谣，也不再辩解，开始表现得处之泰然。暗地里，我甚至还希望这样的谣言多一些。要是村里人把我和艾子掺乎在一起，撕扯不开，那才好呐。

艾子在家里蒙头睡了两天，然后裹着头巾，戴着口罩，急匆匆出了家门。她并没有到我家串门。根据大姐的猜测，她是出村访医问药去了。看来她想赶在元旦前调治好脸上的“蝴蝶斑”，争取再回到县里的节目组。但是，时间过去了不少天，艾子渴望的康复没有来；她脸上的“蝴蝶斑”，面积却越来越大，色素也越来越深。重回节目组的梦想，最终成了泡影。

冬天的暖阳里，艾子踩着慵懒的步子，又朝我家的方向来了。那天是星期天，我从村前的井里挑水回家，看见她，快步赶了上去。艾子主动替我挑过两只水桶，让我心里忽然一热。我仰脸看着她，发现她鼻子两边确实分布着两块黑沉沉的大斑。

“艾子，脸上有‘蝴蝶斑’是好事。”我说，“因为蝴蝶是美丽的。”

“你说什么哪？”艾子神情恹恹地说，“别惹我不高兴啊。”

我虽然不知道她为什么不高兴，但我感觉“雀斑”“蝴蝶斑”之类的话题，她显然不爱听。于是，我开始报告自己前几天的表现。

“你偷吃大哥油条的事情，”我说，“我已经帮你辟谣了。”

“什么油条？”艾子问我，“什么辟谣？”

“都是瘦根说的。”我向艾子声明。

“瘦根？”艾子花容失色，把肩上的水桶放了下来。“胡吣呀！”

在九条路村方言里，“胡吣”就是像呕吐那样胡说八道的意思。艾子骂了瘦根，让我觉得很解气，因为等于间接肯定了我的努力。为了让艾子放心，我表示，那三五天，从村东到村西，我天天都在辟谣。

“谁叫你乱辟谣的？”艾子拄着扁担，对我尖叫起来。

我惶恐地望着她，怕她用扁担打我。我说：“我错了？难道不该乱辟谣？……”

“应该乱辟谣！”话刚出口，艾子又改口说，“嗨，不该乱辟谣！”

她的尖叫和表态，让我很难理解：“到底该不该乱辟谣？”

“我都给你气糊涂了！”艾子说，“你个小屁孩，能不能不添乱？”

“我没有添乱，”我委屈地说，“瘦根还说，我的油条你都不嫌小，也偷吃过。我能不辟谣么？”

艾子的眼泪忽然哗地流了一脸，说：“瘦根，作死呀！”

“作死”，在九条路村方言里，是说对方胡作非为和找死，带有诅咒的意思。我知道，艾子对瘦根的忿恨，已经到了极点。为了安抚艾子，我表示，其实我们家早饭和晚饭都吃不上油条；如果有，就算小一点，我的也可以让给她吃。

艾子直直地望着我，呆怔在那里。我从来没有看见一个女子会像她那样，神情僵硬，两神迷离，大口地吸气和大口地呼气，好像空气不够喘似的。好不容易喘匀了一口气，艾子低头对我低声说出了一个字：“滚！”

看来艾子真的生了气。我只好慢慢走开，相信她会替我把水桶挑回家。太阳暖洋洋地照着，我百无聊赖，跟着几根被微风吹拂的草屑，慢慢走着。草屑渐飘渐远，我的视线随它们连接上了两个人的身影。看见他们，我回过头来对艾子喊道：“艾子！你看谁来了？”

艾子抬头一看，就见到了从县城回到九条路村过星期天的我大哥和爱君。那一天，爱君穿的是小皮鞋，跟有点高，与我大哥肩并着肩，袅袅婷婷走了过来。我跟着他们皮鞋协调一致的“咔咔”声，也回到了艾子身边。我发现，艾子呆怔在原地，呼吸越来越困难；忽然“咕咚”一声，她绊倒了水桶，仰面朝天摔倒在地上。

大哥和爱君赶紧扶起艾子。大哥很有经验地掐了艾子的人中，爱君则掏出手绢在艾子脸上擦拭泥水和扇风。我看见艾子脸色铁青，知道她是看见大哥和爱君穿着皮鞋走在一起，受了刺激，才背过气去的。我想，大哥可以要爱君，不要她；但我不会不要她。在她昏过去的关键时刻，我如果说出一句更关键的话，说不定可以把她救过来。时间紧急，救人要紧，我打算把最重要的决定说出来了。

“艾子！艾子！”我叫着她的名字。但是，还没等到我把心声说出来，大哥一把推开我，吼道：“一边玩去，别这儿添乱！”

被大哥吼了一嗓子，我很伤心，只好把最重要的决定咽了回去，无奈地站到一边。大哥让爱君把艾子扶到他背上。爱君表情复杂，迟疑不决。大哥又对她吼：“呆头鹅，扶一把啊！”

爱君只好把艾子扶到了大哥背上。大哥背起艾子，往上耸了耸；艾子缓过了一口气，头垂在大哥肩上，喃喃地说：“是你在背我……”

大哥并不说话，背着艾子，向村口卫生所的方向快步走去。爱君表情别扭地跟在后面。我没敢跟过去，表情更加别扭地回到家里。大姐问我挑来的水呢，她中午做饭还等着用哩。我才想起来，水桶被我落在了大街上。我告诉大姐，艾子昏过去了；又被大哥救过来了。后来呢？大姐也着急地问我。我说我不知道。由于大哥吼声的震慑，我也只能焦急、郁闷而又被动地等待消息。

直到晚上，大哥才回到家。他说，艾子在卫生所打了针，又送回家里躺着了，应该没有大问题。我们的母亲听罢，松了一口气；然后，用郑重的口吻问我大哥："你跟艾子，没事儿吧？"

"没什么'事儿'？"大哥问。

"就是，"我们的母亲说，"那个，艾子，她脸上的'蝴蝶斑'……"

"哦，那个呀。"我大哥笑了，然后说了一些医学术语，为全家人解疑释惑，大意是艾子在排练节目时，由于舞蹈缺乏基本功，唱腔节奏把不准，常受批评；受批评后精神十分紧张。再加上"青春期心理压力"，她出现了"内分泌失调"，脸颊产生了"色素沉着"，并不是怀孕后的"妊娠反应"。在大哥的解说声中，母亲、大姐和二哥纷纷点头。但我没有点头。一方面因为我听不太明白，另一方面是我心里正想着一双皮鞋。

"一双皮鞋？"大哥问我，"你没头没脑的，说什么呐？"

"我说了一双皮鞋么？"我吓了一跳。原来我把心里想的说出来了。既然话已出口，我索性不再隐瞒，把意思表达完整了："有了皮鞋，我就能长大了；长大了，我就能娶艾子了。"

大姐把刚吃进嘴里的一口饭，叶的一声，喷在了桌子上。我们的母亲也笑出声来。只有大哥和二哥认真地看着我，研究着我说话时的神情。研究完后，大哥说："你得先长大了，才能有皮鞋。"二哥则对皮鞋的话题不表态。他说："花痴。我们家有了小花痴。”

尽管被二哥耻笑为“花痴”，但我对艾子的爱痴心不改。有那么几天，我经常像“夜游神”一样，捏着手电筒走到村外，在河堤上坐下来，进行人生反思。

夜空黑黢黢的。北风灌进脖子。环境并不适合我反省。我冻得缩头缩脑，很多想法也就变得没头没脑。我想，艾子不把我当回事，是觉得我还小，不成熟。其实，那年秋天我满 13 周岁时，身体已经发生了很多令人惊讶的变化。下午放学后，我时常会躲开家人和同学，借着割草喂猪的机会，钻进树丛里打量那些变化。有天傍晚，天上出现了火烧云。我正在河崖下的树丛里心神荡漾地研究自己的身体，忽然听见身边草丛里传来淅淅沥沥的声响，并有星星点点的水雾弥漫过来。我猛一惊，下意识地站起来喊道：“谁？干什么的？”

“你是谁？干什么的？”附近草丛里忽然站起一个姑娘。我一看，是我大姐的好友艾子。在那之前，我并没有特别注意她。但她忽然出现在草丛里，似有若无的，在我眼前闪过一道白光。那一瞬间，我觉得自己的心跳迅速加快；眼睛里的艾子，衬着天上的晚霞，就像仙女忽然下了凡一样。艾子看见是我，马上定下神来。

“是你呀，小屁孩。”她说，“你不声不吭的，躲在树棵子里干什么？”

我的脸一下子红了。我以为她发现了我的秘密。

“你偷看了？不许告诉别人啊”我说，“我一年级就煞裆了，早就是个大人了。”

我知道她知道我从小尿床，想跟她强调一下，几年前我就穿上了不漏风的裤子。

“哦，一年级就煞裆了，祝贺你呀。”艾子两手一边在腰间摸索着，一边走过来，对我说，“你放心，刚才的事儿，我不会说出去的。”

然后，艾子步履轻快地向她家菜园子走去。原来河崖下的那片树丛，离她家菜园子不远。

我和艾子之间，就那样有了一个秘密。但不知为什么，自那以后，艾子从我心里怎么也赶不走了。一天见不到她，我就空落落的；一听到她的声音，我就心律不齐。我的身体发生的变化越多，艾子也就越多地出现在我的眼前，我的心里，我的梦中。

当然，我变化的不只是身体。随着时间的推移，我感到自己眼界也宽了，境界也高了，开始胸怀祖国，放眼世界了。比如那一年，中国支援了非洲坦桑尼亚和赞比亚 100 吨竹笋，家里人未必听说，我却知道了。我还打算写一部反映空军题材的长篇小说，并把想法告诉过读中学的二哥。不过，他往我头上泼了一盆冷水，认为我不了解空军生活，无法完成那样的“宏愿”。这就是他对我知之不多了。事实上我有很多画书，像《长空雄鹰》和《碧海蓝天》什么的，有文有图，写书时做参考，足够了。当然，我也不想把自己超出他们想象的抱负和成熟，都透露出来。那样做，用九条路村老百姓的话说，叫“夹不住屁”。为了表明和他们一样的成熟，我告诫自己，今后做事情一定要“夹住屁”。

不久，那几天晚上反思的效果出来了：我开始培养自己在公众场合背着手走路的习惯。大人们见我走过来，女的会窃窃私语，或掩嘴失笑；男的会故意咳嗽，好像没有痰的喉咙里，忽然有了痰一样。我知道他们认为我在故作老成；他们并不知道，我已经真正成熟了。对那些有伤我人格尊严的嗤笑，我感到好笑。

“你们笑什么？”我直接走到他们跟前，说，“没见过艾子未来的对象怎么走路吗？”

“这不正在见识嘛。”那些男人或女人说，“要是再配双皮鞋，就更像回事啦。”

他们的话，一下子就说到了我的心坎上。我确实缺一双皮鞋，我非常需要一双像大哥那样的“三接头”皮鞋。想到那擦得又黑又亮的皮鞋，我真正伤了心。我们家里，只有大哥有皮鞋，因为他是文艺兵；我们村里，只有爱君有皮鞋，因为她爸在县供销社工作。我们家不可能有钱为我买皮鞋。那么，村里人明明知道，还故意那样指点我，让我在伤心之外，又平添了许多愤怒和无奈。我想，总有一天，我会买很多双皮鞋，让他们，更让艾子，见识到我的力量。

但是，还没等我攒够力量让他们见识时，情况急转直下，艾子要提亲了！

当然，催化剂还是我大哥。《四个大嫂批林彪》节目组最终把爱君也退回来了，具体原因不详，只知道她后来连“替补”身份也没保住。我放寒假时，爱君被退回了村里。她脱下只有进城才穿的皮鞋，重新套上布鞋，到生产队部里，和我大姐配对打草包。爱君用扦子默默地穿着稻草。大姐一边压拓子，一边问她："你回来了，那谁接替你演节目？"

"你大哥从部队调来了女兵，"爱君说，"来了三四个呢，都是专业的。"

她们的对话，当天晚上我们全家就知道了。接着，全村人也都知道了。据说，我大哥当时对爱君发的火比对艾子发的更大，还带出一句让九条路村老百姓愤怒不已和郁闷多年的话："鸡窝里就是飞不出凤凰！"由于大哥是"支左"解放军，他的话谁也不敢反驳，只能忍气吞声。我大姐把爱君带来的话当晚就传给了艾子。艾子听到我大哥嘴里说出那样扎心的话，第二天，就让家里传出话来，她打算提亲了！

至少有三四个媒婆换上新鞋，在艾子家里进进出出。这让我忧心忡忡，百味杂陈。好在几次提亲都没成。那原因，你不难想象，还是出在艾子脸上的"蝴蝶斑"上：不是媒婆为难，就是男方家里挑剔。艾子百口莫辩。我为媒人和男方有眼不识金镶玉而忿忿不平。继尔，我又开始暗自高兴。艾子嫁不出去，那才好呢。因为我在不断成长。我想，"蝴蝶斑"真是个好东西，它帮了我多大的忙啊。

我决定开始行动，要让艾子知道，她暂时说不成对象、找不到婆家，绝对是件好事情。是老天爷为了她以后能够嫁给我，故意把"蝴蝶斑"送给她，挡住别人的。由于心里天天想着娶艾子，我的寒假作业基本没做；在路口拦截老百姓背诵“老三篇”的活动，我也很少参加。早饭和晚饭时，我悄悄把家里分给自己的咸鸭蛋攒下来；攒够了5只后，我放进书包里背着，开始在艾子家门前逡巡。终于有一天，我等到了她一个人出门。我快步走过去，把书包里的咸鸭蛋掏出来，一只一只放进她手里，说：“艾子，这些咸鸭蛋，给你补身体！”

“补身体有什么用？”艾子捧着鸭蛋，惆怅地说，“再补也没人要了。”

“那有什么？”我说，“艾子，我已经14岁，快要长大了。”

“你长大了，”艾子撇着嘴说，“我就不长了？”

“那我们就一块长！”我很有信心地说。

“什么一块长？我再长就老了！”艾子说，“小屁孩，尽说傻话！”

我被艾子绕进时间概念里，一时间出不来，只好默默仰望着她。由于在家里躲的时间久了，艾子的脸捂得有些苍白，把“蝴蝶斑”衬得更加清楚了。那块斑，一点也不像蝴蝶，倒像一只大蝙蝠，趴在艾子的脸上，显得十分扎眼。再加上那天艾子出门没有梳头，看上去，她真的有点像是坐月子的妇女了。她一边回避着我的目光，一边把咸鸭蛋又塞进我的书包，叮嘱我说：“回家做作业去，别胡乱寻思了。”

然后，她撇下我，朝地主王贵三家的方向匆匆走去。

1974年，说来就来了。我等待已久的14岁，也来了。但是，我人生第一次的爱情，却眼看着就要夭折。虽然国内形势一片大好，不过在我看来，它们都换不来我片刻高兴和一丝笑容。因为腊月里，艾子相亲成功了。据说，对方是个复员军人，家在离九条路村不远的黄沙村。我听后，心里涩涩的，天天看着饭愣神，躺在床上发呆，觉得自己快要死了。

那几天的确很怪：晴一天，阴一天；又晴一天，又阴一天。元旦时，县里举行了盛大汇报演出。大哥导演的渔鼓说唱《四个大嫂批林彪》，一炮打响，广受好评，从县里调演到地区，又从地区调演到省里。大哥被当地报纸和广播夸成一朵花，开始大红大紫；回到部队后，又受到了首长表彰。但是，艾子和爱君都没去看演出。会演之前，爱君到新疆建设兵团去了，据说堂哥为她在那里找了工作；会演之后，艾子继续无视我的存在，一而再、再而三地相亲，终于找到了对象。

艾子能够相亲成功，据说是地主王贵三出的主意，让媒婆和她家里人配合行动，也可以说是共同智慧的结晶。先是媒婆说媒时，并不提艾子脸上的“蝴蝶斑”；接着，是把男方邀到县城里见面。艾子被安排在县城东关桥北，朝城里走；相亲的被安排在桥南，由媒婆指点着看桥北的艾子。艾子差不多是在男方的眺望中轻捷地一闪，就混入了人流，让她成了古书上所说的“惊鸿一瞥”。看见艾子身材颀长，步履柔韧，男方十分满意，很快给了聘礼，并且提出，在半个月之后再见次面。

第二次见面，地点被媒婆安排在自己家里；时间是傍晚，天差不多都黑透了。媒婆家的煤油灯，灯罩很久没擦，因此光线暗淡。艾子对男方逆光站着。双方见面不到半分钟，灯里的煤油便没了。媒婆让家里人去村里小店打煤油，不久回来说，村里小店关门了。

复员军人大度地说："算了，就到院子里说说话吧。"

在院子里说了不到两三分钟的话，艾子表示太冷；他们又重新回到黑漆漆的屋里。

院里冷，屋里黑，再次见面时间自然不长。临别时，复员军人依稀觉得艾子明眸皓齿，乌发红唇，表示人也见了，礼也聘了，如果女方家里没意见，他想在春节结婚，也省得办年货了。据媒婆说，艾子当场表示那样太急，还是春暖花开的时候好。男方也没反对。由于双方都满意，婚礼就定在了二月二。

过了春节，我快要开学了。但那年寒假的作业，我做了还不到五分之一。原因你也不难想象，一是因为张铁生当年交"白卷"也上了大学，很多人都知道，学习再好也没用了；第二个原因更重要，就是艾子忽然失踪了！我度日如年，哪还有心思写寒假作业？

很长的时间里，艾子从九条路村消失了，谁也不知道她去了哪里，连我大姐也不知道。艾子家里人急得上墙。她妈妈对村里人抱怨说："马上就要'出门子'了，她上哪里去了？真是女大不由娘啊！"

二月初一，结婚前夕，就在艾子家里快要向公安求助时，消失了将近一个月的艾子，忽然传回一个消息，大意是要求家里把婚期推迟到三月三；并且说，三月三是农历“女儿节”，她希望在自己的节日里出嫁。家里人见不到她，只好按她的意思办。好在男方还算通情达理。

婚期到了，艾子如期回到了九条路村。不过村里人谁也没有见到她。艾子家里人谢天谢地，向人们确认了她回家的消息，安慰大家说：“还好，心没野，还知道回家。”

三月初二晚上，艾子家摆过送亲酒，把我大姐留下来，商量送亲时做伴娘的事情。过了上半夜，大姐回来了。我们听见她告诉母亲，原来艾子那些天，是为结婚做准备去了；村里老百姓的疑虑，都是瞎操心。既然大姐见了艾子，说得如此轻松和喜庆，家里人也就放了心。

但是那天夜里，我却不停地在床上“翻烧饼”。和我一起捣腿睡觉的二哥，忍不住坐了起来，拍拍我说：“求之不得，寤寐思服。悠哉悠哉，辗转反侧？”

我听不懂他说的话，说：“梦呓呐，你？”

“你才梦呓呢，小花痴！”二哥说，“你那点心事，以为我不知道？”

“你知道什么？”我说，“不就寒假作业没写嘛。你要告密？”

“你寒假作业没写你挨批，关我屁事！”二哥说，“说吧，你翻来覆去睡不着，是不是在想艾子？”

“我想她？”我大声说，“我要是想她，我就是林彪，明天就摔死在蒙古的温都尔汗！”

由于我声音太大，二哥扑上来捂住我的嘴："你胡说什么？我们家哪来的林彪？你还摔死在蒙古的温都尔汗？我现在就想在床上摔死你！"

"我就是没想艾子嘛，"我说，"我也没想她明天就要'出门子'了嘛！"

"你说你没想，"二哥说，"那你明天敢不敢和我一起去看新娘子？"

二哥把话说到了我鼻子尖上，我纵然有为艾子出嫁跳井的意思，也不愿当面认输。

"去就去！"我说，"还怕了你啦？"

"你不是怕我，"二哥嘿嘿笑着说，"你是怕见到艾子嫁到黄沙村，给人家当媳妇！"

二哥的话提醒了我。我真得去黄沙村看看，到底是谁家、谁娶了艾子。艾子将来要是受了气，我也好找到正主，做点什么。我相信我当时的想法，与艾子家送亲队伍的想法，如出一辙。

第二天，是艾子的正日子。一大早，大姐就被艾子家请去做伴娘了。我和二哥自然没人请，只能自己请缨。我抱起一把暖壶，二哥搬起了一尊毛主席的石膏像，混进了送亲的队伍。我们从九条路村敲锣打鼓，浩浩荡荡，护送着新娘子，往黄沙村走去。

三月三，风沙起黄烟。沙尘遮天蔽日，天空变得黄蒙蒙的。早春的风把路上的尘土卷起来，一阵阵往送亲队伍的眼睛和鼻子里送。我努力睁着眼，跟在新娘子后面走着。

本来我在艾子侧面，算是并肩行走；但田间小路一变窄，我就被挤到了艾子身后，只能看她的背影了。二哥看透了我的心思，说：“看不见正面和侧面，反而好。”我对他的看法表示难以理解。二哥很在行地说：“女人，最美的是背影。”由于挤不到艾子的侧面，我也只好接受了二哥的安慰。后来，慢慢地，我体会到二哥的看法是有一定道理的。那天艾子穿的是红绸缎对襟小袄和棉裤，头上包的是橘红色纱巾；做伴娘的大姐，还为艾子撑起一把绛红色的油纸伞，使我无法看清她的脸。但是，眼见艾子穿了嫁衣的背影，随乡村起伏的小路摇曳着，我觉得，她称得上是天底下最美的新嫁娘。同时，我也不能不承认，天底下所有送亲的队伍里，没有谁能像我一样心绪复杂。那种心情，可谓无限苍茫。你可以设想，一个 14 岁的少年，要把自己所爱的姑娘亲自送到别人的洞房里，他怎么能够装成没事人。所以，一路上我脸色铁青，用心痛的目光看几眼艾子，再用仇恨的目光看几眼渐行渐近的黄沙村。在悲恨交加眼神的轮换中，不管我愿意不愿意，新郎的家，到了。

我看见了新郎。那是个说不上好也说不上不好的刀条脸汉子，说话嗓门很低，走路落脚很重。我们被他招呼着，走进院子，放下嫁妆。据我和二哥观察，新郎家境一般。我们被让进正房，开始喝喜茶、吃甜点，等待喜酒开宴。新郎家的亲戚朋友簇拥着新娘子和伴娘朝新房里走。艾子被新郎家的小姑子挽着，脚步轻移，就要进入洞房。这时，忽然有人高声叫道：“新娘子，掀起你的盖头来！”

随即，呼声一片，要求艾子摘下纱巾。这时候，伴娘，也就是我大姐，出来阻拦说：“还不到时候，还不到时候。”挽着新娘子胳膊的小姑子，也帮腔说：“盖头得由我哥来掀，你们起啥哄？”

但起哄的人并不罢休，说新郎掀盖头，是老八股、老封建；文化都大革命了，谁掀还不一样？说着，就有人上前，一把扯下了艾子头上包裹的纱巾。紧跟着，大家发出了一阵惊呼；随后，又纷纷从新娘子身边逃开。

我们在正房喝着红茶，吃着红糖果子；听见新房里的惊呼，觉得有点不对劲，因为那不像惊艳的欢呼声。我们纷纷起身，前往探看，却被从洞房退却的人堵了回来。当然，新一拨人又像二哥和我那样，拼命想往洞房里挤。二哥身材比我高，力气也比我大，最终如愿以偿；而我，却被一排排脊背和大腿牢牢地挡在了外面。

新郎很快被喊来了。他挤进了洞房，旋即又挤了出来，脸上露出极度惊愕、极度困惑和极度痛苦的表情。他站在新房前，要求看新娘子的亲戚、朋友都从洞房里出去。随着众人陆续的退出，二哥也被推出来了。后来，洞房的门“吭”的一声，紧紧关上了。我挤到二哥跟前，问他：“艾子怎么了？那些人怎么跑进跑出的？怕的什么？”二哥把我拉到一边，说不只是那些人，他也受到了惊吓。

“脸，艾子的脸，”二哥说，“太吓人了。”

我心里一紧，问二哥："艾子的脸怎么吓人了？你说呀！"

"毁容了，鼻骨都龇出来了，"二哥对我说，"太瘆人了"。

在二哥的描述中，我仿佛看见，艾子用两只手拼命想捂住脸；但哪里捂得全、捂得住？好事者不断把她的手扒开，再扒开，让众人观看。后来，她只能坐在床沿上，低着头，任由看客一拨拨进来，一遍遍扒开她的脸，一次次发出惊悚的嗟叹。

"艾子的脸怎么会那样瘆人的？"我催问二哥，"你说呀！"

"我怎么知道，"二哥惊魂甫定，说："你还是去问艾子吧。"

我没法去问艾子。洞房的门紧紧关闭着，我束手无策，什么都做不了。

新郎的父母被喊来了，进入了洞房；新郎的娘舅也被喊来了，进入了洞房。他们先后进了洞房，却半天没出来，就像在里面用脚后跟踏踩和压辗我的心。

我分分秒秒地计算着时光，担心地问二哥："他们在里面干什么？不会打艾子吧？"

"不会。"二哥说，"但是他们，可能会打媒婆。"

打媒婆我倒不担心，因为那天媒婆并没去送亲；就是真打媒婆，我也不会劝架。因为我知道如果不是媒婆，艾子也不会相亲成功；艾子相亲不成功，也就不嫁到黄沙村；不嫁到黄沙村，也就不会被堵在洞房里出不来。我正赶着往下想的时候，洞房的门却开了。新郎的父母、新郎的娘舅和新郎，个个阴沉着脸，像一条条黑鱼一样，游出了洞房。他们随后一字儿排开，站在了新房前。新郎的娘舅问九条路村的送亲队伍，谁是艾子家主事的？队伍里有艾子的一个堂哥，硬着头皮走出来，问有什么事。

新郎的父亲开口说："谁都爱个面子。我们家，在黄沙村周边十里八乡，谁不知道？你们可以访一访。"

新郎的母亲说："推迟婚期，我们也忍了；可最后，你们送来了个'这'。"

新郎的娘舅说："要知道，我姐夫家在黄沙村，也是有身份、有地位的。"

新郎说："不过，我是复员军人，也是讲理的。"

九条路村送亲的队伍，都不知道该怎么接话，只能眼看着、耳听着新郎家的人一人一句讲下去，不敢轻易表态。等新郎家人的话刚出现句号，艾子的堂哥马上小心翼翼地问："那什么，要不，今天喜酒的钱，娘家人出吧？"

"喜酒的钱，谁出都不重要。"新郎的父亲手一挥，就像甩掉沾在上面的脏东西似的，说，"今天的事情，我们家商量了，了局只有两个字。你们知道是哪两个字吗？"

新郎父亲的话说得很慢、很重，有点故意折磨人的意思。我们九条路村送亲的队伍依然不知道该怎么接话。这当口，头上裹纱巾的艾子忽然出现在大家面前，用手捂着脸，对着新郎全家人说："好了，了局不就'两个字'吗？我来说吧——退婚！"

人群再次涌起喧哗与骚动。也许在他们看新娘子与喝喜酒的经历中，绝少碰到那样的现象与场面。但两个字的结果既然艾子说出口，便覆水难收了。接下来，送亲队伍的事情，就变成了收拾嫁妆，退出新郎家，离开黄沙村，返回九条路村了。

“这不能全怪我。”新郎似有不安，对艾子说：“父母和舅舅家的话，我不能不听。”

艾子低下头说：“退婚是我说的，不怨你。”

“不行！”艾子的堂哥忽然站出来，想制止事态。“嫁出去的姑娘泼出去的水。不能就这样退了婚！”

新郎的娘舅说：“那你的意思是？”

“我回去没法交代，”艾子的堂哥说，“我叔不是要打断我的腿？”

“要打，打断我的腿，”艾子凌然地说，“事情是我定的。”

然后，她像指挥员那样对送亲的队伍下达了命令：“走吧，回家！”

新郎家的人面无表情，任由九条路村的送亲队伍重新收拾了妆奁，整顿了锣鼓行囊，黯然退出了新郎的家，离开黄沙村，踏上了返回九条路村的小路。

在回村的路上，我把大姐拽到一边，悄悄问她，艾子的脸到底怎么了，让大家怕成那样？大姐心情沉重地告诉我，艾子相亲成功后，为了结婚时给夫家一张好脸，特地到邻近县里，找点痣治癣的郎中“削斑”，想根治脸上的“蝴蝶斑”。郎中先是用火碱烧，接着用硫酸烧，效果都很差。二月二的婚期到了，脸上的“蝴蝶斑”却并未退色，反而越来越明显。郎中最后用说，只有一个办法了，用刀刻，但是要延迟一个月的诊疗期。艾子只好给家里捎信，推迟了婚期。没想到，烧来刻去，每况愈下，最终毁了容，“蝴蝶斑”被永远深深镌刻在了艾子脸上。本来以为新郎家是复员军人，心胸宽；闯过婚礼那一关，说不定日后还能凑合着过。现在看来，新郎并没有她们想象的那么善良和宽厚，只能认命了。

“唉，”大姐叹了口气，自言自语说，“男人呐，你还能指望他什么？”

我一边听，一边看着往九条路村走的艾子。她的脚步越走越沉重，我内心的声音越走越清晰。我想，男人并不是不能指望点什么的。一个多月前被大哥的吼声憋回去的重要决定，又回到了我的喉头。我轻轻走到队伍中间，靠近艾子，对她说：“艾子，别难过了。不管你的脸变成了什么样子，我都不嫌弃，我长大了一定娶你！”

“唉，你太小了，”艾子左手护住纱巾，右手摸着我的头说，“还不懂事啊。”

“不，实际上，”我反驳她说，“那次在河崖下你家菜园边上见到你，我就一下子懂事了。”

“说什么呢，”艾子抽回手去，擦着泪水说，“你和我，年龄相差太多了。”

“不就相差6岁嘛，”我说，“听说‘女大三、抱金砖’呢！”

“可金砖多了，就太重了，”艾子说，“你抱不动的呀。”

1974年的三月三，是我一生中与所爱的姑娘艾子说话最多的一天，也是她唯一没有说我是“小屁孩”的一天。我一路安慰着艾子，一路盘算着，回家怎么向全家人说出我的重要决定：艾子是我的，家里人都要为我护着她；直至我长到可以结婚时，就把她迎娶回家。那天傍晚，走进九条路村之前，艾子对我说的最后一句话是："你快点长大吧。"

按照艾子和我共同的愿望，我开始迅速成长。后来，我越长越大，越长越高，有了唇髭，有了喉结，并且开始变声。好像受了我的感染，社会也在成长，时代也在改变。1973年当选"十大"中央委员的邓小平，1975年又被打倒；1976年他又站起来。后来，科学知识成了王道，我也考进了县城中学。因为心里装着艾子，在整个初中和高中期间，我对女生连看都不看一眼。

我继续长大、长高。1979年高考时，我已经长成考场里的高个子，并且考上了曾经认为高不可攀的重点大学。在大学期间，我依然没有停止长个儿，毕业前已经长成全班最高的同学。后来，我毕业留在城里，立业成家，住进高楼，过上了全新的生活。我家的壁橱和鞋柜里，装着各式各样的皮鞋，光"三接头"就有好几双；每一双，都擦得又黑又亮。但我不是艾子的丈夫。我差不多已经把她忘了。后来，大姐问我还记不记得九条路村的艾子时，我承认记得，只是不常想起来，原因是工作千头万绪。大姐告诉了我一个消息，我立刻木了。

她说，艾子后来嫁的，是一个瞎子。

鞋 子

黄玲来了。妈妈说:“黄玲来啦？快坐。”黄玲就坐了。可是那长凳瘸了一条腿，黄玲歪倒在地。她说:“哎呀。”妈妈说:“你看你看。”妈妈的意思是有些不好意思，怎么让黄玲姑娘坐了那条坏凳子。我们就都笑。妈妈说:“去去，玩去。”可是我们赖着不走。我们喜欢黄玲姑娘。

黄玲姑娘本来不叫黄玲。她原来叫黄艾子。艾子是一种带香味的药草，那香味怪怪的，大人们用它在端午节里煮水，给我们洗澡。六月里，我们在田里拔秧苗，有人忽然大叫:“艾子！”黄艾子在另一块田里插秧，听了就会跑过来问:“什么事儿？”我们就说:“关你屁事儿？我们是说这艾子草。”黄艾子就生了气。虽说她插秧是快手，这一来一去，进度可就慢下来啦。黄艾子说:“小熊孩。”黄沙村说小孩子调皮，就说，小熊孩。

黄艾子后来改了名字，叫黄玲。我们听了都撇嘴，说："算什么本事呀，不就是重人家名字吗？"黄艾子重的不是别人的名，是我们的姐姐。我们的姐姐叫春玲。在我们全家搬来黄沙村之前，这个村子，女孩起名还没有叫"玲"的。我们随春玲姐姐下田干活，迎面碰上黄玲，其实就是黄艾子，便高叫："玲子！"春玲姐姐说："喊什么？我不聋！"黄玲就红了脸，低了头。这等于说，她知错啦。黄玲头一低，我们心就软了。因为我们其实是喜欢黄玲的。

现在，黄玲来到我们家。她手里拿着一个细花小包袱。她说："婶子，你看我这双鞋，底纳得好不好？"

妈妈接过来，认真看了，双眼眯眯笑，说："怪好，怪好。还是鱼鳞纹针脚呢。全黄沙村，就数黄玲手巧。"鱼鳞纹是做鞋底时有一定难度的针线纹路，但还不是最难的。妈妈曾说过，最难的要算是麦穗纹路的针脚。可是黄沙村，还无人会做。我们的姐姐春玲也接过去看，嘴里啧啧的，说："真好。我哥一定喜欢。"我们又都笑起来，心里溢满了一片很大很大的欢欣。这种心情，比高兴面积要大，要平缓。因为我们知道，这鞋不是送给我们的。虽然我们脚上的鞋子，有很多破绽，脚趾头从里面探头探脑的，但是我们没有福气享受黄玲姑娘的鞋。这鞋只有我们的大哥才有资格穿。他十四岁出门当兵，当的是文艺兵，全县也就他一个人，还是县武装部用小汽车专程把他送到很远的一座城市里去的。他在外面当了四年兵，黄玲姑娘已经做了八双鞋了。她每次来到我们家，只要手里拎着那只细花小包袱，就准是春季或者秋季。这时候，我们就蹙在门背后，挤眼，说："又送'拥军鞋'来啦。"

可是这一回，"拥军鞋"送完，黄玲又从小包袱里掏出一双花鞋垫来。鞋垫绒嘟嘟的，用彩色棉线绣着蝴蝶和牡丹，还有字。我们可是识字的，都伸长了脖子看，却被春玲姐姐一把拨拉到一边去了。我们失去了认出那字的有限的也可能是最后的机会。春玲姐姐说："这里没你们的事了，滚。"我们只好退到一边。这时候妈妈说："黄玲，你和春玲坐坐，说说话。我得开会去了。"

妈妈走了。她当时是黄沙村的大队书记，为了村里能通上电，经常到县里找电力局，到各种部门见管事的，批材料，拉设备，在村里开会，到场地处理问题，忙得顾不了家，就委托给春玲姐姐管。她可就神气起来了。

妈妈一走，春玲姐姐就把我们轰了出来。她自己和黄玲钻进屋里，嘀嘀咕咕说话去了，不时还爆发出脆亮的笑声，好像被小猫舔了脚心一样。

我们很愤怒也很无奈。我说："嗨，你说，黄玲有希望吗？"我这话是对我的二哥说的。我说的我们，其实只有我和二哥两个人。我和二哥是双胞胎，形影不离，黄沙村人都说我是我二哥的跟屁虫，或者影子。二哥说："什么希望？不沾弦。"停一下，又说，"她要是黄萍萍，还差不多。"正说着，黄萍萍推着自行车，背着草帽，从远处走过来，打招呼说："你们，干什么哪？"

我们说："没干什么呀。"

黄萍萍走近了。她细高个儿，烫发头，脸皮子又白又嫩，就是秋天也戴着草帽；并且，草帽带子也是洁白的。这就和黄沙村人很不一样了。黄沙村人没有烫头发的；除了正伏天，没有人戴草帽或者斗笠。那根系在下巴颏上的布带子，也从来不洗，都变成灰色甚至黑色的了。黄萍萍家也不全是黄沙村人。她爸爸在外地供销社工作，镶着金牙。她的姐夫在西北的建设兵团。她高中毕业，起的名字也不像黄沙村人，不叫改霞，不叫果子，而叫萍萍。

黄萍萍立定车子，问我们："你大哥最近来信了没？什么时候探家？"

我们说："来信啦。他被手榴弹炸伤了。"

黄萍萍立刻紧张和着急起来，连声问："伤着哪里？重不重？你们快说呀。"

我和二哥相互瞧瞧，都不说话。黄萍萍眼泪就掉下来了。她说："天哪。"

我们只好对她说："信在家里，衣橱顶上。你得找春玲姐姐去要。她会不会给你，我们可不知道。"

黄萍萍立刻撩开长腿，蹁上她的直梁金鹿车往我们家跑。她的自行车后头卷起一片尘土，几只散步的鸡被她惊得嘎嘎直叫。我们开心地笑起来。笑毕又都说："黄玲更没希望了。"

我们这样说，是有一定理由的。我们的大哥，是一般人物吗？他十二岁到县京剧团拉京胡，十四岁出门当兵，被武装部的小汽车专门送走。我们还记得小汽车进村那天，车前车后围了很多人，因此开得很慢。我们也跟在车屁股后头，被它喷出的烟气熏得睁不开眼睛。可是我们没有退缩。要知道能挤到车屁股后头排气管的位置也是很不容易的。我们要弄清楚这辆哼哼唧唧的小汽车，究竟要开到谁家去。没想到，路过我们家门口时，我们的大哥从院里走出来说："到了到了。"他说这话的时候还打着大人们常打的手势，意思是"停"。然后他对前后左右围观的人说："车子是来接我的。我要当兵去了。"当时，在场的黄沙村人都大吃一惊：这还了得！这么小的年纪就要出远门当兵，还有小汽车接送！那一刻，我们因为大哥的事情，骄傲得差不多已经开始用下巴颏看人，用鼻子说话了。你想想，大哥这样的人，除了黄萍萍，黄沙村人谁配得上？

我们都为黄玲惋惜，甚至难过起来。我们多想告诉她，快别剃头挑子一头热啦。可是我们知道，真这么说了，她准会一把将我们推开："一边玩去，小熊孩。"

我们可不是小熊孩。土筐我们都能抬得动了。夏天，暴雨后的河水冲垮了家里的菜园子，就是我们抬筐运土填实了的。但是，这没法跟黄玲细说。我们只能心里想着黄玲的事，忧心忡忡地在黄沙村的大街小巷走来走去。这是1973的秋天，对真相一清二楚的我们，表情严肃，倒背着双手，在街巷里行走的速度很慢。遇到村里的婶子大娘，招呼我们到她们家院子里去吃小黑枣或者柿子什么的，我们依旧心事重重，没有任何食欲。她们说："老周家的孩子，就是懂事。"我们听了，就像没听见一样，没有心情沾沾自喜。

就在我们心里十分沉重的时候，听见有人喊："快去看景呀，在老周家。"

我们心里一吓。老周家就是我们家。我们赶紧往回跑，可还是迟了。我们的家已经被挤得里三层外三层。人们看得津津有味。看景，是黄沙村人多年传留下来的习惯。婆媳吵嘴，邻里干架，大半个村子的人都围着看，且没有出来规劝的。这不是不关心，恰恰是对吵嘴干架人的最大尊重。为了对得起这份尊重，被围在圈里的人势必竭尽全力，直到最后有一方口吐白沫、彻底认输了，看景的人方才散去。从此那被斗败的一方，在黄沙村人眼里便再也没有了分量：遇上事端，须得先把头耷拉下去。我们在人圈外头转来转去，就是挤不进家里去。我们听见黄玲与黄萍萍在里面尖声喊叫，互相揭短；听见姐姐春玲在里面惊慌失措，带着哭腔喊："别吵啦，你们！"

我们为春玲姐姐的喊声深感惭愧。说实话，她的表现严重违反了黄沙村人的规矩，说明她随全家搬来黄沙村五年多，还没有和村里人打成一片。接着我们又听见黄萍萍尖尖的叫声："也想跟我争，别癞蛤蟆想吃天鹅肉啦！"

"我会跟你争？"这是黄玲自信的声音，"他要不是我的人，会四年穿我八双鞋？"

"八双鞋，有哪双是好的？"黄萍萍叫得更响，"破鞋，还有脸送！"

接着是厮打的声音。我们的心里，都感到了深深的悲哀。她们两个，是黄沙村多么出众的姑娘啊。可是这会儿，她们在人圈里，揪打，辱骂，尖叫，人群一阵阵喝彩，所为的是远在千里之外的一个小当兵的。我们在人墙外面，大眼瞪小眼，一点办法都没有，深深体会到了黔驴技穷的滋味。我们转来转去，忽然见有一只鞋垫儿从人圈里飞出来。这只会飞的鞋垫儿是我们唯一的收获，却也让我们喜出望外。它使春玲姐姐封锁上面的字的企图破了产。鞋垫上绣着四个这样的字：

心心相印

可是字上已经被踩满了烂泥。就在我们一边揩着烂泥一边猜想字的含义时，忽然见人墙裂开一道缝。黄萍萍披头散发，从里面冲出来，大声喊着："姑奶奶我明天就走，到部队探亲！"

这一声，把在场的人都震住了。黄沙村人都知道，黄萍萍是烈性子，敢做敢为，虽是姑娘家，可是就像屋檐下那滴水，九头牛也拉不住。再说，她家有钱，黄沙村人谁比得了。

黄玲哑在人圈里，再也没有声息。人渐渐走散了。我们看见黄玲脸上有好几道抓伤，看见春玲姐姐两眼失神，愣在院子里。地上散落着那双鞋底是鱼鳞纹针脚的鞋。

黄萍萍果真到部队探亲去了。这是黄萍萍家里人传出的话。既然她拿定主意要走，既然她要探望的人在部队里受了伤，是任谁也拦不住的。我们曾经跟她说，大哥负的伤，不过是实弹演习时，被手榴弹皮蹭了额头一下，屁事没有。可是，她已经不信了，说："是黄玲叫你们这样说的吧。"她拿了家里为她凑的一百多块钱，由她爸爸送她上了火车，走了。

黄萍萍一走，黄玲就蔫了。尽管那天是黄萍萍先退出人圈，实际上败下阵来的还是黄玲。再说，上百块钱，差不多是黄沙村一个整劳力全年的工分值，黄玲家里可能为她出这笔钱吗？她是她妈妈改嫁时带过来的，黄沙村人叫“拖油瓶”。改嫁后，她妈妈接二连三又为她生了很多兄弟。有一次，我们看见她大弟弟，那个“扁嘴子”，用翻毛皮鞋的头顶她的眼睛；她家那么多人见了，都不管。只有她妈妈上前夺了皮鞋，说：“还不快走，等死哪？”她妈妈也是没有办法，常跟她说：“过几年，出了门子就好了，有的是福享。”黄玲听了，快乐里掺着忧愁，说：“脸这么黑，谁爱要。”黄玲姑娘脸膛从小就黑。她妈妈安慰说：“女大十八变，长大就白了，比面还白。”黄玲长到十六七岁，模样很周正，黑脸膛却一点没变。她很伤心，她妈妈又说：“黑怎么啦？黑不黑，健康色儿。”她的几个如狼似虎的兄弟，见黄玲姑娘到了嫁人的年龄，一个个没有好脸色，见天喊她“赔钱货”。因此，黄萍萍可以揣了钱抬腿就走，坐汽车，坐火车；黄玲，却是想都不敢想。她走在大街上，神情恹恹的。黄沙村一个“损粑”，就是那种喜欢找缝下蛆的人，拎着一篮秋丝瓜，迎面碰上黄玲，说：“怎么啦，黄玲？是不是想这个啦？”说着他拿起一根晒软了的秋丝瓜，对着黄玲晃荡。黄玲瞟了一眼，说，“你妈正在家等它哩，七哥；中午炒菜要用。”

这人立刻像手里的秋丝瓜一样，软兮兮的了。我们在场见了，都佩服黄玲。我们说：“黄玲，到我们家去。姐姐要你帮忙剪鞋样子哩。”黄玲就低着眉，跟我们去了。路上，不知为什么我们忽然冒出这么一句：“我们不算小啦。感情我们也懂。”黄玲听了，凄凄地一笑，叹了口长气说：“你们，还是些瓜纽子。”她的意思是，我们还太嫩。我们的自尊心立刻受到了沉重打击。跟在黄玲身后头，望着她忧伤的背影，我们弄不清这个姑娘究竟为什么不愿意转过身来考虑考虑我们的想法。

就在我们为怎样安慰黄玲的事情发愁时，黄沙村迎来了历史上罕见的山芋大丰收。但意外的好收成让我们感到怒气冲天。往年秋季只能分到一千多斤山芋的我们家，这年分到六千多斤，远远超过了我们家窖藏和晒干的能力。逢上秋雨连绵的日子，屋里屋外，家里田里，全是山芋和山芋干。慢慢地，这些东西开始发霉，变坏，满世界都是甜津津、苦涩涩的酒糟发酵味。人们开始对山芋的大丰收怨声载道。生产队挨家挨户动员，恳求人们到大田里去，将那里堆积如山的山芋分回家来，以免延误了小麦的播种。这天晚上，光景已经是九点多钟，山芋还没有分到我们家户头上。我们又累又饿又困，都快支撑不住了，却听到有人小声喊姐姐的名字：“春玲，春玲。”

我们循声望去，见是黄萍萍的妈妈。春玲姐姐应了声，黄萍萍的妈妈立刻来到她面前。我们也悄悄挪过去偷听。她们说话的声音很低，我们只断断续续听了个大概。原来黄萍萍到部队见了我们的大哥后，并没有能被认作未婚妻，无脸回村，转道去了大西北，投奔了她姐夫的建设兵团。她姐夫在当地为她找了活儿干，不再回来了。但她没有忘记给黄玲带回个信。信很简短，只有两句话："黄玲，他还穿着你的鞋。他归你了。"

这个分山芋的夜晚，成了黄玲的节日。黄玲和我们一样都没有想到，在最后的关头，她成了赢家。星光虽然晦暗，但是我们知道，黄萍萍捎来的这封短信，就像一盏灯，照亮了黄玲面前的道路。那天夜里直到十点多钟，山芋才分到我们家的户头上。我们肩挑车推，往家里运山芋。黄玲姑娘主动留下来，为我们搬运。她挑着担子，就像一只翩翩的大蝴蝶，很快就超过了我们的妈妈、春玲姐姐，自然还有我们。她刚刚消失在灯影憧憧的村庄轮廓里，很快又返回来，从我们妈妈的车上，硬扒下百十斤山芋，像一阵风似的，又挑回我们家。我们走在回家的路上，骨头就像散了架，眼睛迷迷糊糊，看着妈妈和春玲姐姐，一推一拉，驾着有五六百斤山芋的小车，在田间小道上晃来晃去。当天夜里，黄玲坚持要留下来，帮我们把那七八百斤山芋全切成片儿，好在第二天一早晒到新播种的麦田里去。我们的妈妈阻止了黄玲姑娘，让她回家睡觉。妈妈说："黄玲，你干了一天，已经够累了，明天还要上工呢。这些山芋个儿大，皮破得少，婶子打算窑藏，不切山芋干了。"黄玲这才依依不舍地回了家。我们入睡时，听见妈妈和春玲姐姐还在用山芋铡切山芋干。那"呱哒""呱哒"的声音，在我们的梦乡里，响了很久……

黄玲姑娘忙里偷闲，又做起鞋来了。这时候秋收秋种还没有完全结束。和往年相比，这双鞋应该是特地为我们的大哥加做的。既然黄萍萍退出了竞争，又捎信回来，我们从心底里为黄玲感到高兴，并且对先前判断的失误非常愧疚。黄玲姑娘为了将鞋底纳成麦穗纹针脚，专门出村学过。回来再纳鞋底，我们发现她的手势有很大变化，小指与无名指中间，被细麻绳勒出紫红紫红的深印。鞋底也不像往常那样直接用手拿，而是用手绢包着。我们说："黄玲，住到我们家来吧，这样我们家就有两个玲子了。一个会管家，一个会做鞋。"黄玲笑了，说："住过来？现在还不行哦。这样吧，等为你哥这双鞋做好了，再为你们俩一人做一双。"我们高兴起来，说："能给我们配上鞋垫吗？"黄玲说："行啊，要什么样的？"我们老声老气地说："就要绣上'心心相印'的那种。"黄玲的脸通红，说："去去去。小熊孩，都学坏了。"

鞋没做好，电却接通了。全村一片欢腾。当天晚上，电灯一亮，我们全家就像过年，人人脸上漾着笑。我们终于告别了小油灯，用上电灯啦。我拿着我那四年级的课本，从堂屋一直跑到猪圈旁边，还能看得清书上的字。我兴奋得大叫："妈，你看电灯多亮！我在猪圈这儿念段书给你听吧！"就在我们兴高采烈的时候，妈妈又告诉了我们一件事情：再过几天，大哥就要回来探家。听了这话，我们惊喜和激动得眼里放光，嗷嗷直叫。

我们的欢叫声，把黄玲也引来了。她手里的鞋子，已经开始绱底。她坐在我们家明亮的电灯光下，飞针走线。因为高兴，黄玲姑娘的脸膛黑里透红，显得十分好看。她用牙咬断线头时，总要抬起眼睛瞟瞟我们，说："快了快了，快做到你们的鞋啦。"她说的每一个字，都像一颗糖豆，融化在我们的心里。

大哥探亲的日子，终于到了。我们把屋里屋外打扫干净，用旧报纸把墙壁重新糊过，用鸡蛋到代销店换来茶叶，将壶里灌满开水，然后兄弟俩轮流换班到村东头眺望。

一眨眼，到了正午；又一眨眼，到了傍晚。很快，天黑了。大哥没有来！

当天晚上，我们变得懵头懵脑起来。全家人无滋无味地吃过了山芋粥，谁都不说话。电灯光仿佛也黯淡了许多；墙上刚糊的报纸，也失去了新气象。黄玲一天来探望了三次，晚上吃过饭，一直坐在我们家里，拿着一只鞋底在绱。见我们都默不做声，便也不说话，一锥锥地扎鞋底，拽线绳。那“哧啦”“哧啦”的声音，把我们的肠子都抻断了。

又过去了许多日子，仍旧不见大哥的影子，也没有大哥的音信。冬天就在这个时候到了。

冬天一到，我们的任务只有一个，搓稻草绳打草包。这一天，我们到生产队的场院去领稻草。为了找到那韧劲大、没朽烂的稻草，我们在草垛里拼命扒拉，弄得浑身上下都是草锈。回来的时候，见黄玲又夹着她那只细花小包袱，往我们家走。看样子是鞋子楦好帮，做成了。我们说：“瞧，黄玲又送‘拥军鞋’了。”黄玲远远看见我们，喊：“快点回家，听说你大哥探家来了！”

我们的心，一下子被她的喊声提了起来。我们抬着稻草，快乐地想，这下子，“拥军鞋”要变成“定情鞋”了。一路上，陆续见有小孩手里剥着高级奶糖，鼓起的腮帮子蠕动着；见有大人抽着香烟，还不时从嘴里拿下来，满意地欣赏着香烟的牌子；见人们还在三三两两往我们家走。我们边走边喊黄玲等我们。她站在原地跺着脚，说："你们就不能跑快点？"我们就跑起来。捆好的稻草，就在这时候散了绳子，稻草把子就势横七竖八躺在了地上。这是多么关键的时刻啊，稻草捆子却跟我们捣蛋。三九天，我们急得头上直冒热气。黄玲见了，赶过来帮助我们。她手脚麻利地捆扎着稻草把子。闻着她身上散发出的馥郁温馨的气息，我们会心地交换着眼神。我们断定黄玲在来我们家之前，往脸上和身上搽了好多粉。我们说："黄玲，送了这双鞋，我们就能喊你'嫂子'了吧？"黄玲这一回倒没说我们"小熊孩"，她笑着说："没过门，得加引号。"我们说："加啦。只不过在话里，听不出来。"

待到我们收拾好散乱的稻草，赶回家，屋里屋外已经挤满了人。我们喊着"大哥"，簇拥着黄玲，使劲往屋里挤。刚挤进去，我们一怔，又赶快往外挤。

大哥已经长得很高，一身绿军装，自然是光彩照人；叫我们吃惊的是，在他身边，还立着一个年轻的女兵！看见她，我们不禁打了个冷战，全身一激灵。我们还从来没有见过这么漂亮的女兵。那一瞬间，我们觉得，和眼前这个女兵相比，我们见到的最好看的姑娘，似乎都有了缺陷……

见我们又往外挤，大哥叫住我们，说："干什么去了？满身的草。"我们听了，更加羞恼和难过，为我们在美丽陌生的女兵面前浑身沾着草屑，手脸染满草锈。大哥向那女兵介绍说："是我的两个弟弟。"又看看黄玲，说："这是……黄艾子吧。"大家都说是的，又夸大哥好眼力。大哥车转身，对那女兵说："就是我跟你说的，鞋做得最好的那个。"女兵的肩头架着一把琴。她一边点头微笑，一边往弓子上擦松香。邻居对大哥说："现在人家改了名字，叫黄玲了。"大哥头一扬，将溜到额前的一绺头发甩到后头去，说："还是叫'艾子'好。"黄玲窘得都快站不住了。春玲姐姐赶紧伺机将黄玲拉到身边坐下，听那女兵为乡亲们拉琴。

女兵的演奏，听得我们目瞪口呆，觉得好得没法说。我悄声地问二哥，这种有四根弦的架在肩上的是什么琴。二哥说："牛腿琴。"一曲奏完，邻居们一齐拍巴掌。没想到大哥却对女兵说："满把的错音！我平时是怎么教你的？一点长进都没有。"女兵咬着嘴唇听，临了红着脸对我们的妈妈说："阿姨，那几小节要连着跳四个八度音，还要颤弓，很难处理的。他从来也不夸人家一句。"她的话，既像辩解，又带着一种撒娇的意味。我们的妈妈慈祥地和大家一起笑起来。

笑声一停，黄玲忽然站起来，对春玲姐姐说："俺要走了。"大家都说："急什么，还要唱歌呢。"黄玲说："家里有事。"妈妈忖了忖，叫上我们的大哥说："送送黄玲姑娘。"我们跟在他们身后，送到院里。二哥一边走，一边伏在我耳边说："今年寒天，我们穿新鞋没希望了。"我很难受。我当然知道二哥在说什么。事实上，在那女兵演奏时，我们已经注意到了黄玲的神情逐渐黯淡下来，最后变得十分抑郁。此刻，我们还注意到，大哥的脚上，是一双火箭式皮鞋，擦得锃亮，敲得地面咔咔响。黄玲姑娘边走，边低了头说："别送了，看一屋子人，等你们。"大哥说："你走好。"便咔咔地又回到屋里。

妈妈、春玲姐姐和我们，一直将黄玲送到院门口。见黄玲胳膊上还挽着那只细花小包袱，妈妈说："年年劳你做鞋，让你受累了。"这时候，不知为什么黄玲忽然流了泪，哽咽说："婶子……"就再也说不下去了。妈妈抚摸着黄玲的肩膀，一时也找不到话说。屋里有歌声传过来。二哥将我拉到一边，发表看法。他说："这种事情，是很糟糕的。"我说："我真想娶她！"我在表达对黄玲的想法时，因为太冲动，声音很响。春玲姐姐回过头来，用目光狠狠地剜我们，然后转身朝我们的妈妈说："妈，黄玲这双鞋，纳的还是麦穗纹鞋底呢。"妈妈说："啊。"我们的妈妈，手从黄玲的肩膀滑到她的包袱上。但是黄玲将胳膊收紧了，挽住小包袱没有松手。她说："婶子，我这鞋子，配他不合适。"

婚姻大事

1. 真伪

文翰，是文家的长子，我们的长兄。但是，这也许只是文家的一个传说。因为我们兄弟姊妹，从小谁也没有见过他。父母倒是没少向我们描述过这个人。而且一谈起这位叫文翰的长兄来，双亲的脸上便浮现出少见的自豪，沉浸到我们谁也看不见、摸不着的过去的岁月里去了。

传说中的文翰，是个神童。他三岁识谱，四岁操琴——尽是些需要手劲的家伙：京胡啦，月琴啦什么的——六岁作词谱曲，听着有点像《卖报歌》，但这又有什么关系呢，要紧的是这个作者只有六岁。

大公鸡　大公鸡
我家有只大公鸡
它的名字叫吉米
两只眼　像灯火
赛过晶亮夜明珠

后面还有不少内容和旋律，以使曲子听起来赋格完整。像这样的才智放在今天，是不敢令人恭维的。但在四十年前，我们的父母说，可了不得啦，他被远方的一个野战部队文工团选中了，成了中国人民解放军战士。父母为他打点行装时，为要不要放上奶粉、饼干之类，意见发生了严重的分歧。最后，是带兵的一句话，结束了即将升级的争论。

你们的儿子，带兵的说，已经是个军人了。

这句话让我们的父母如梦初醒。眼看着我们的母亲要流泪，带兵的又说，军营附近有个奶牛厂。

此话虽然说得近乎耳语，却足以使我们的母亲如释重负，破涕为笑了。

就这样，六岁的文翰，坐上了风木县武装部的小汽车——现在我们知道，那不过是辆军用吉普——走了。在车后卷起的尘埃中，八条路村父老乡亲的啧啧称赞和我们父母脸上的骄傲，就像随风起舞的柳絮一样，迟迟不肯落定。

多年以来，文翰生活在众口相传的故事中，成了我们心目中的神，以至于后来一个满脸络腮胡子的人突然出现在我们面前，并称自己就是文翰时，我们不由得提高了警惕。

你是文翰？文达嘁的一笑，你怎么可能是文翰？

你要是文翰，文峰正色道，我就是吴高志了。

他说的吴高志，是当时风木县的县长。

我们的质疑与嘲弄没能继续下去，因为文峰用一个手势制止了我们的聒噪。推算起来，传说中的文翰出门参军时，文峰刚好是在襁褓中。也许他遥远的记忆里，还遗留着文翰的影子？文峰说，好啦，行啦，让爸妈去认好了。

我们诞生在三十多年前的疑问，似乎得到了当时的父母的支持。看见我们遍身灰土、鼻尖上沁出汗珠、神情焦灼地提出文翰的真伪问题，父母与络腮胡子青年之间，出现了短暂的对视。本来，在我们进门之前，他们的交谈是十分融洽的。但是我们严肃的神情，给这种不应有的融洽划上了句号。我们的父母在与络腮青年对视之后，站起身来，围着这个可疑的青年人转起了圈子。我们开始相信，那是一种慎重的重新审查。果然，父母在问了他的年龄、经历等好些问题后，也陷入了惊愕和困惑的夹缝中。看上去，他们有些拿不定主意。

忽然，我们的母亲对络腮胡子青年下了一道命令，把你的褂子脱下来。

原来，人到中年的母亲，还依稀记得自己的大儿子左肩上有块红痣。查看的结果是，这块红痣跑到了右肋。

我们看到，没完没了的检查和验证，终于使络腮胡子青年失去了最后的耐心。他大叫一声，行了，你们，有完没完？！

高声喊叫自然是于事无补的。我们的父亲适时插话说，脾气也不像我。

事情到了这个地步，自称是文翰的络腮胡子只好低了头，大步流星地离开了我们家。

他走后不到半分钟，我们的母亲又对自己刚才的判断开始做出修正。文峰，她说，带着弟弟去找大哥回来。

我们的父亲意犹未尽。他说，你能肯定他就是文翰？

母亲看着父亲，说，我……不能。可是她很快又反应过来，同样诘问父亲，你能肯定他就不是文翰？

我也不能。父亲说，这样吧，先让他住下，慢慢考察也好。

就这样，事情终于以络腮胡子青年住进我们文家宣告结束。事实上也没用我们去追，不到两分钟，这个从头到脚都显得可疑的青年人又回来了，脸上还带着一种含义不明的微笑。文达问他，你不是走了吗？

走？到哪去？他说，我刚才是上了一趟厕所。

这次审查的疑点和笑料，从此像胡椒面一样洒进了我们文家的生活，以致在父母的晚年，只要有关于文翰的话题出现，他们的嗓门就痒痒得不行，需得抬高几个八度。当然，虎头蛇尾的查验最终也没有澄清我们的疑问。当时最令我们难以接受的，事实上只有一件事：传说中的神童，本来应该是神采奕奕的中国人民解放军文艺战士文翰，怎么忽然变成了一个其貌不扬、邋里邋遢的络腮胡子。

令人纳闷的是，我们的父母接受了他，并且待他很好。这一点从我们文家自那以后不断改善的伙食上可以看得出来。而这个络腮胡子青年为了熬过我们的“慢慢考察”，在文家主要以蒙头大睡为主。这也许是怕言多失口。半个月之后，就在我们几兄弟姊妹差不多已经接受了他就是文翰的时候，这个络腮胡子青年却突然消失了。

2.还乡

又出现了一个文质彬彬的人，自称文翰。这时候，我们已经走出了骑着竹马满世界狂奔的时代。理智开始进入我们的大脑。因此来人要想证明自己就是文家的长子，我们的长兄，难度更大。首先是，他缺少一脸充满阳刚之气的络腮胡子。要知道，那是一脸多么富有雄性气概的胡子啊!

对于我们的以冷漠作为外衣的质疑，这位在神态上俨然以文翰自居的人根本没有当回事。什么胡子不胡子的。他说，不刮就长出来了，碍事就刮掉。

这种轻描淡淡写的语气激怒了我们。我说，你试试看，你这张白净脸，长得出络腮胡子吗?

你就是文思吧?他说，学习成绩怎么样?

你又不是我大哥，我说，管那么宽干什么?

文思，我跟你说，来人说，别人跟我起哄，我不会在意。你不能。你懂吗?

我不懂。我在说这话的时候，往兄弟中间缩了缩，免得我站得过于突出，成为靶子。但是这人跟我说话时神情严肃而又怪异，让我莫名其妙地全身哆嗦。你告诉我，我说，为什么我不能……起哄？

我不甘心地借用了他“起哄”的说法。但在那种情况下，我瞬时间又想不起别的词来。

别人怎样对待我，那并不重要。这个人眼神复杂地注视着我。终将有一天，他说，你会知道我对于你的意义。

这是离间计，文达事后分析道，这个人不太好对付。

但是这一次，我们的父母根本就没有想到要对付来人，就毫无保留地接受了他，以及他身后那几只大木箱子。他们在接受此人时也有叹息声，但不是关于他作为儿子的真伪，而是他当了十几年的兵却忽然“复员”了。

百万大裁军。坐下来吃饭时，这人对我们的父母说，团以下不再保留文艺兵建制。文工队解散得很快，我都来不及通知家里。

我们不得不接受一个新的文翰。这个文翰复员后，进了风木县文化馆。我们兄弟几人有时候，也到他的工作单位去看望他。有时候看见他在指挥乐队演奏，有时候则是在导演一出话剧或歌舞，还有的时候，他只一个人，在四面透风的宿舍里，伏在案头，奋笔疾书。

十几年的军人生涯，这个文翰也没有混上四个兜的军装。他的履历表里，只有战士，副班长，文书，然后便是句号。但是这个人在部队里的知名度，却不亚于师首长。作为这支野战部队的战士，你可能不知道师首长姓甚名谁，但是，你决不会不知道“军旅诗人文翰”。

据他说，他开始写诗的时候，诗坛上数不清的名字已经闪烁着耀眼的光芒，像星斗一样缀满了天空。尽管从视觉上看，像太阳那么大个儿的诗人还没有出现，但这不但没降低他写诗的热情，反倒给了他赶超他们的信心。他将文工队发放的有限的几元津贴，全部换成了一摞摞中外诗人的诗集。繁重的演出任务结束后，他都要坐在自己的简易书架跟前，用目光浏览一番，择出一本诗集抚摸着，读出许多感喟甚至热泪；心也像被温水浸泡过一般，变得柔软和温馨起来。这时候的他，像热爱情人一样热爱着诗歌，以致当想要成为他情人的人出现在他面前时，他却像看见一截树桩，或者一只邮筒。陆陆续续地，他的作品开始在报刊上变作排列成行的铅字；他的名字前开始被冠以“军旅诗人”的称号，在新闻传媒中频繁出现。这样一来，即令他实弹射击成绩平平，劳动锻炼表现一般，运气还是像帽子一样落到了他的头上。他被营首长找去谈话了。

怎么样最近又有什么大作啊？营首长亲切地询问。这时候的他，已经是文工队文书了。他双脚后跟一碰，说，报告首长，最近演出任务重，诗歌还在构思，没有动笔。

嗯，这个，营首长说，你的个人问题，是不是也到了该构思构思的时候了？

这个文翰，那时满脑子都是诗歌的意境、角度和节奏，以为营首长正代表组织找他谈话，一时不知从何说起，茫然答道，我……还是交给首长构思吧。

很好。营首长高兴地拍了拍他的肩膀，说，今天的晚饭，你到我家去吃。咱们一起来构思构思。

就这样，这个文翰从此走上了一条晦明难分的人生道路。晚饭他是到营首长家里去吃了。席间他还见到了营首长的千金，一个像发泡海绵似的胖姑娘，用一种痴迷和崇拜的眼神注视着他，突然没头没脑地背诵起他的几句诗，接下来便嗲声嗲气地问起一些愚蠢至极的问题。并且令他大感意外的是，营首长和夫人忽然都有了非离开房间不可的理由。这个文翰在一瞬间明白了晚饭的背景和用心。他转脸便和胖姑娘道了别，拉开房门扬长而去，将先是目瞪口呆而后是泪水涟涟的胖姑娘抛在了身后。

这次拂袖而去的后果是严重的。他的“个人问题”不仅从此落下了阴影，政治前途也迅速黯淡下来。他先是被调入炊事班，不久又在复员的名单中发现了自己的名字。而此时，百万大裁军的命令尚未下达。他所在的文工队中一个打铙钹的，不仅立即取代了他的文书位置，而且就在他吃力地翻炒着锅里的大白菜时，以迅雷不及掩耳之势取得了营首长乘龙快婿的身份，据说即将要顶一个副排长的空缺。这还不算，原先与他保持着亲密关系的文工队女队长，作得一手好词，谱得一手好曲，适逢此时也表现出十分成熟的政治素质，向他亮出红牌，将他罚出了情场。这个文翰，此时络腮胡子爬满了他的双颊。他请了半个月的探亲假，回到我们文家当时所在的八条路村闭门将养。待到他归队时，恰逢营首长的千金结婚和部队欢送退伍兵。两种锣鼓一齐敲响，鞭炮震耳，乐声喧天。这个文翰心中滋味万千。他卷好铺盖，将书架上的诗集装了三大纸箱，托运到了火车站。汽笛鸣响时，他在月台的人丛里发现了营首长的千金。这位脾气执拗的新娘子硬是拨开婚礼上的宾客，逼着她的爸爸赶到了火车站。即将登上火车的他，正好来得及看到新娘子凄迷的眼神。

只要你愿意回头，新娘子扑过来说，一切都归你。

但是新娘子的话并没有打动这个文翰的心。他将身体转了角度，留给盛装的女子一个冷漠的背影。就在他抓住火车车厢的门把手，打算踏上还乡的旅途时，一只手抓住了他的臂膀。他感到这只手比较有力，不像低头饮泣的新娘子。回头一看，他见到了表情痛苦的营首长。

你归队吧。他说，你一复员，我闺女也不想活了。

就在一天之内，这个文翰复员又入伍，在全营传为佳话。当然这一切，都被解释成公文操作的失误，一个叫文汉的新兵蛋子从此结束了他只有半年的军人生涯。

这个文翰就此留在部队里，一晃便是数年。其间，营首长千金的目光，环绕和伴随着他；无论他出操、散步、演出，都无从摆脱这种目光，就像飞机无从摆脱雷达的扫描一样。这种情况一直持续到百万大裁军的命令下达。

留不住你了，营首长找到他，诚恳地说，我想你能明白一个做父亲的心，也希望你不要笑话我的闺女……

怎么会呢，这个文翰心不在焉地说，您是首长，我是士兵，我能想什么?

这么说,你不肯原谅我们父女俩。营首长沉重地说。

我就要走了,这个文翰说,您想到的是我要明白您的心,谅解你们父女俩。您从来也不曾想到问问我这么多年有什么想法?什么感受?这种也无风雨也无晴的不明不白的日子,我就是为了让您闺女看的……芒刺在背!

不要这么说,营首长的眼泪快要掉下来了,说得这么难听……毕竟我没让你脱掉军装。

但是这个文翰没有再听下去。他将双脚的后跟一磕,行了一个军礼,就到文书那里办理复员的手续去了。

我们知道了这个文翰的故事,同时也知道了他在什么样的心情里长出了络腮胡子。这么说这个文翰就是那个络腮胡子青年,也就是说,是真正的文翰了。我们兄弟几人在这么议论着的时候,文达又提出了一个问题——

要是那个络腮胡子本身就是个假文翰呢?

我们面面相觑,无从解答。

关于文翰的真伪问题,再次悬了起来。

3. 婚变

不管怎样,在没有新的文翰出现之前,这个白净面皮的青年人姑且就是我们的文翰了,如果文家兄弟里必须有一个文翰的话。有的时候,我们也会见到络腮胡子在他的双颊上安家落户,那是他连续几个星期足不出户，赶写剧本或上千行的长诗的时候。但是我们知道，这说明不了什么，因为问题假如像文达指出的那样，络腮胡子的出现，也帮不上他什么忙。

当然，我能够叙述的由我的眼睛看到而不是由耳朵听到的有关文翰的事情，已经不是很多。但峰回路转的局面，却出现在这种似是而非中，具体说，是在我见到两个陌生女子之后。

这两个女子，长相惊人相似，只不过一个比另一个年轻娇媚一些，或者说，是一个女子同时向你展示了她两段不同的年龄。她们一起出现在文翰在风木县文化馆的宿舍里。文翰的宿舍里，落满了厚厚的雪花，这在人间居住的房屋里，也是不多见的景观。没有任何人想到，春风秋雨之后，雪花还会随着呼啸的北风来与文翰为伴，这个与文墨打交道的人在宿舍里通过屋上的漏洞观察日月星辰时，也没有想到，他的寒碜的住所有朝一日会暴露在那两个女子的面前。我推门进去时，她们正揭开文翰墙角的一只钢精锅，那锅里结成冰坨的残渣剩饭使她们皱起了眉头。另外，几只碗碟里的食物，显然存放的时间都在半个月以上了。

我迟疑地问，你们是……

她们露出笑容，年长的慈祥，年轻的友善。她们说，我们是来看望文翰的。你是他弟弟？

是的，我说，可是我不知道你们是谁。

这时候那位年青的女子说，我猜，你是文思吧。文翰经常跟我提起你，说你是风木县中学的文科尖子呢。

这样的夸奖，就像柔软的羽毛一样搔弄着我二十多年前的虚荣心，我为在认识她们之前就被她们赏识而觉得心里热乎乎的。通过攀谈，才知道她们是母女俩，是专门从文翰以前服役的城市赶到风木县来看望文翰的。

文翰回到他的宿舍时，我已经和那两个女子像老熟人一样谈得很热烈了。当然我的脸也时常因为腼腆而泛红，这是由于那个年轻的女子的热情的注视引起的。她长得太漂亮了。

文翰的手中拎着一只暖水瓶。看见我，他显出了一丝慌乱，但随即又坦然一笑，说，不用我再介绍了吧？

不用啦。那年长的女子说，我们和风木中学的大秀才聊得很好。

文翰将暖水瓶递给那年长的女子，然后将我叫到一边，让我火速赶回八条路村通知家里，说他的女朋友母女两个要到家里看看。我明白了文翰的意思。我们在八条路村的房子，事实上比文翰四面通风的宿舍也强不了多少，确实需要收拾收拾，才能接待城里的客人。而客人，那是怎样的客人啊，她们很可能就是我们家未来的亲戚了。我们的父母能够有这样的城里亲戚，我们兄弟能够有这样的嫂子，这是多么叫人激动的事情！

我听着文翰吩咐我，就像士兵听着将军下达指令。我看着文翰，心里骄傲地想着，这样的人，不是真正的文翰，又会是谁呢？我们以前的疑神疑鬼，是多么幼稚可笑啊。

我在风雪交加的河堤上拼命地奔跑。我跑得喉头泛腥，两眼发黑。跑出五六里路，我才想起来，我还不知道那两个女子的名字呢。但是我很快又想到，这样美好的母女俩，一定会有最美丽的名字……

后来我们知道，文翰的这个女朋友，名字叫奚洁；她的妈妈，叫奚圆。这完全符合我们的想象。我们还了解到，奚圆早年丧夫，带着女儿再嫁，女儿随了她的姓氏。这位像天使一样的奚洁，恰巧在那座城市里做着天使一样的工作，是一位白衣护士。正是在部队文工队那位女队长重创了文翰之后，白衣天使帮助文翰从忧郁的低谷飞升起来了。这更加重了我们对她的好感。

我们文家，尽了最大的能力，用了最重的礼节，迎接了奚氏母女。我们的两个妹妹，文竹、文静，用旧报纸将泥土脱落的墙壁重新贴糊了一遍，秫秸笆子隔成的两间半房子，里里外外都被她们糊得整整齐齐。寒冷冻得她们双手又红又僵，但是她们红彤彤的脸上洋溢着欢乐的笑。她们想到，为了给未来的嫂子留下一个关于文家的好印象，该做的事情，还有那么多！比如说，应该用戏文里一些女英雄人物的招贴画装饰墙壁，应该用钩针钩几帧花纹大方的线巾罩在被子上，应该在堆满了山芋干的墙角加盖一只大纸箱……但是，这一切，都来不及了，未来的嫂子就要进门了。时间过得是这样快。而宝贵的时间被我在路上，就耗去了将近两个小时！她们在感激我带来好消息的同时，又痛恨我浪费了她们的光阴。她们对我已经被冰雪浸湿了的鞋子和上面的裂口，连看都不看一眼。我们的父母，在厨房里为了制定菜谱，又争吵起来，但是后来他们又忽然握手言和，因为第一，全家当月的菜金已经剩下不足五块钱；第二，时间已经少得容不得他们进一步争吵了。这个时候，我们兄弟几个，则被分派去河床上刨开冻土，看能不能挖到干净的黄沙，将我们的院子铺一铺。说实话，雨雪天气已经使院子里的烂泥像猪圈一样落不下脚去了……

奚氏母女就是在我们忙乱成一锅粥的情况下，由文翰陪同着进了文家在八条路的家。其时我们全家人的眼前一亮，看见风雪初霁，两个城里女子在文翰的导引下，款款出现在我们面前；西天云隙里的阳光，在他们三个人的脸上，镀上了一层明丽的光泽。

我们的父母热情地欢迎了奚氏母女。奚圆向文家的主人献上了从城市带来的礼品，而奚洁则拉着文竹、文静的手，从随身的坤包里取出一些令人眼花缭乱的发卡之类。我们兄弟几个，用艳羡的目光望着她们，就像望着电影里的画面一样。得到奚氏母女肯定的晚餐是简陋的；而晚上就寝时分的难堪则更让我们的父母愧怍。因为家里不仅房间窄小，更为尴尬的是，床铺不够用。这样，我们兄弟几人被迫踩着积雪出去借宿。在我们依依不舍地出门的时候，看见奚氏母女将她们白皙的双脚伸进我们平时洗脸用的脸盆里，我们心里不仅没有反感，反而觉得麻丝丝、痒酥酥的，产生出一种甜蜜的忧伤，仿佛我们生活贫寒的文家，除了脸盆，已经再也没有什么器皿能够适合这两位城里女子洗脚了……

奚氏母女短暂的乡村造访，结束了我们兄弟姊妹关于文翰的真伪的争议。不但如此，文翰在家里形象的光辉程度和地位，都迅速上升。他再次成了我们的偶像和权威。我们争议的话题在很长的一个阶段已经转移到这样一些内容上来：一、奚氏母女对我们文家的印象如何；二、她们还会不会（一起或者至少其中一人）再来。对于这两个问题，兄弟姊妹的意见很不统一。分歧是，她们好像根本没有注意到我们的墙壁是新糊的，院子是新垫的，这说明她们对我们付出的劳动视而不见，也就是说对文家人根本不感兴趣；相反的意见是，她们的不注意非但不是坏事，反而说明她们对文家印象很好，知道文家虽然住在乡下，但很爱干净，院子和墙壁的洁净是很正常的，根本无需特别注意。至于她们还会不会再来，决不会受我们那天劳动成效的影响，而是第一要看她们是不是酸文假素、嫌贫爱富的城里人；第二嘛，也是最主要的一点，就是文翰是不是有足够的吸引力了。说到文翰，难道我们还要再怀疑和担心什么吗？

果然，后来的事实证明了奚氏母女非同一般的城里人，与小市民无缘；证明了文翰虽然家境贫寒、身居陋室，而他本人依然魅力四射。因为奚氏母女自那以后，不但又来了，而且来了多次。这期间，我们文家也发生了大的变化，成为风木县家喻户晓的家庭。除却从军的文翰，我们兄弟姊妹五人全部考上了大专院校——关于文家的这段风光与荣耀，我还将在适当的时候复述。奚圆来的时候，与我们的父母相处和交谈得十分欢恰，后来干脆以“亲家”相称，开始商谈他们的孩子结婚的大事；奚洁来的时候，则更多地与文翰在一起。我们偶尔会见到她伴着文翰读书或抄写稿件，或者为我们的长兄洗衣服，做饭。看见我们，她总是露出恬静的微笑。有的时候，她还会带着我们的两个妹妹到她所在的城市住些日子，当然都是利用文竹文静的假期。我们的妹妹回到风木时，一时间我们都不敢相认。她们被打扮得花枝招展，发辫和额前的刘海都被烫过。在从未有人烫发的风木县城，她们的发型显得是那样出众，将她们如花似玉的脸庞，映衬出一股在我们看来只有大都市才配有的“洋”气来。

正是在我们兄弟姊妹的期待中，距离奚氏母女第一次到风木县来整整一年时间，我们的长兄文翰向父母提出了他打算结婚的要求。这时候离春节，只有一两天的时间了。我们的父母虽然觉得文翰的要求有些仓促和突兀，因为忙于筹备年货，一时来不及为婚礼做准备，但总的来说，文翰和奚洁成婚，是情理中事，因此说，好啊，开春以后，春暖花开的日子，就为你们操办婚事。

我们的长兄文翰，提出婚事必须在第二天，也就是大年三十操办，这使我们的父母不仅为难，而且吃惊不小，因为他们的大儿子的要求，似乎过于急迫；但是他们没有料到，更使他们大吃一惊的还在于文翰下面这一句话——

和我结婚的不是奚洁，而是甄琪。

莫名惊诧的父母，怔在自己的儿子面前，半天说不出一句话来。罄尽了他们大半生的阅历，他们的想象力在神情严肃而又认真的文翰面前也无法展开。他们不知道和文翰结婚的为什么不是已经喊过他们“爸爸、妈妈”的奚洁，与他们成为亲家的为什么不是那个心地善良的奚圆，不知道突然平地出现的这个甄琪又是什么人，而且她和文翰的婚礼，又为什么非在第二天举行不可。生活的万花筒在别处、在他人身上旋转得再快，他们也不会感到眼花缭乱；但是，面对站在眼前的文翰和他嘴里吐出的话，他们感到头晕目眩了。

……为什么？

这是我们的父母当时在文翰宣布了他的决定之后所说的第一句话。有限的三个字听起来根本不是愤怒的质问，而是近乎梦呓般的喃喃自语。

没有时间解释了。文翰说，请二老快点给我筹点钱，我买车票去。春运期间，车票很紧张。

我们的父母已经被文翰的思路牵住了，只能被动地跟着问，到哪里去？

到甄琪家里去，文翰说。然后他告诉父母甄琪所居住的城市的名字。原来，即将和文翰成为夫妻的这个女子，生活在离风木县很远的一座盛产煤的北方城市里。那里，婚礼的一切事宜，早已安排妥帖，只等新郎官明日赶到，成就合卺之喜了。

不行！我们的父母终于回过神来，斩钉截铁地说。他们反对的理由是，婚姻大事非同儿戏，与奚家来往了这么长时间，忽然一旦毁了婚约，叫他们怎么做人？奚洁是文翰自己恋爱的对象，又是文翰亲自带回家来见他们的，并无父母包办婚姻的因素，何以出尔反尔？如果在一年多的双方来往中，奚家母女有半点不是，他们也可以理解文翰作出的新选择，可事实却是，他们既没有发现，文翰也没有向他们提及奚家人半个“不”字，怎么可以……？

但是文翰抽刀断水，中止了我们父母的滔滔不绝，用一个让我们毕生难忘的比方说明了自己选择的原因。

爸，妈，你们别说了。文翰说，奚洁是黍子，甄琪是麦子。

出身于北方平原农民之家的我们的父母，瞬时便明白了他们的儿子的意思。就是说，两个女孩就像庄稼，有粗细优劣之分。甄琪比奚洁要好得多，这并不是说，奚洁有了什么缺陷或污点。明白了文翰的意思之后，我们的父母感到了一种深深的忧惧，越发意识到了阻止儿子到那座煤城去的重要性。因为他们知道在植物繁茂的原野里，说不定哪一天，儿子又会遇见稻子，那样的话，他岂不是又会舍弃了他现在视若珍宝的麦子？

孩子，我们的父母说，凭你怎么说，我们都不会同意的。

事情到了这个份上，真正着急的已经不是我们的父母而是文翰了。不征得父母的同意，当然他也可以前去完婚。但是完婚之后媳妇是要见公婆的。若是我们的父母拒绝接受这个取代奚洁的甄琪，文翰美好的新婚生活，可能就要因为甄琪的被拒之门外而断送掉。另外，还有一个因素困扰着文翰：每个月只有二十几元工资的他，身上连去那座煤城的路费都没有，更不用说结婚的费用了。在这种情况下，万般无奈的文翰，扑通一声跪倒在了父母的面前。

爸，妈，你们要是不答应，儿就跪在这里不起来了。文翰说。他的泪水，顺着脸颊滴落下来。

这就是文翰。当我复述他的痛苦状态时，就像当年一样，我又出现了全身哆嗦的生理反应。不只是我，我们文家几兄弟，个个心情郁闷。特别是我的两个妹妹，文竹，文静，目睹我们的父母忧心如焚地与长跪不起的文翰对峙着；她们的手纠缠着一直舍不得洗直的发梢，不由自主地呜呜哭起来。那一年的春节，我们文家因为文翰的婚变，气氛被弄得阴郁而又沉重。我们全家人不言不语，食而不知其味，使得父母在腊月里的辛苦忙碌变得毫无意义。了无生机的氛围，一直持续到正月十四。这天一大早，文家的大门被笃笃地敲响了。我们的母亲心情忧郁，披着衣服出去开了门。

一对新婚夫妇，站在了她的面前。

4. 新人

叙说甄琪，是令人心痛的。

甄琪成为我们文家的成员，从一开始就处于劣势。已经记不清有多少次，我耳闻目睹她遭到文家人的白眼、嘲讽与呵斥。最严重的一次，是我们的父亲当众对她吼道——

滚出去！……

父亲洪亮的声音震动了左邻右舍，而这种怒喝的弦外之音，在我们文家的辉煌湮没之后，再次成为风木县城人蜚短流长的内容。这使得甄琪的一腔泪水、万种辛酸里，十分必然地染上了绯红的颜色。

当然我们的父母既不是横蛮无理的人，也非铁石心肠。在那一年的腊月二十九，文翰一直跪到晚上将近九点，我们的母亲慈心大恸，一把扶起了双膝早已失去知觉的文翰。老人家的泪水擦之不尽，哽咽着对自己的大儿子说，孩子啊，不是妈心肠狠；世上行事，实在不能像你这样啊。

既然我们的妈妈率先让了步，我们兄弟自然无从置喙，一齐把目光投向了父亲。父亲在这个时候说了一句让母亲终生不原谅他的话。

唉，这是我的儿子吗？他说。

正是这句不合时宜的感慨，使事情的发展就像小河忽然拐了个弯，朝着有利于文翰的方向流淌过去。母亲转脸朝着父亲喊道，你这是什么意思，嗯？你说！

我们的父亲自觉失言，立即噤了口。

母亲这时候，先对文翰说，我们不再难为你了，孩子，你先洗洗脸，等着我；又对父亲说，强扭的瓜不甜，毕竟不是我们陪孩子过一辈子。

这后一句话，从此将奚氏母女从文家人的生活中抹掉了。自那时起，我们就知道，母亲已经下定决心强忍泪水要接受一个她一无所知的女子作为文家的长房儿媳。

怀着对于奚氏母女的深深负疚，我们的母亲星夜骑车出去为文翰筹备结婚用钱。此时正是年关在即、欠债还钱的时刻，我们的母亲，为了文翰，却要厚着脸皮四处借钱，因为当时全家的积蓄已经到了难以为文翰添置一身新衣的地步。大约三更时分，身心俱疲的母亲披着一身霜花回到家里。她从贴身的衣兜里掏出一只手绢包，一层层打开，里面面值不一的纸币有厚厚的一叠，却只有二百多块钱。我们的母亲将钱交给文翰时，脸上露出愧色。只借到这些，她说，你全带走吧。

我们的长兄文翰，对着父母，再次双膝一弯，跪了下去。

妈，他说，儿知道对不起您。

这个时候，母子俩终于在心里有了些许沟通。长兄文翰就在这天的鸡叫五遍时，赶到汽车站排队买票去了。还带着我们母亲体温的二百元钱，在文翰眼里，不啻是一笔巨款。并且，这个钱数，后来竟成了我们文家兄弟姊妹嫁娶时，从父母手中所能接过的法定的奁资数目，没有任何人能够逾越这个数目，不管物价在时间的沃野里怎样茁壮生长。

这年的正月十四，甄琪挽着她新婚丈夫的手臂，不畏路途遥远，前往八条路村觐见公婆。我们的母亲开门迎纳了他们。从父母的脸上，我们文家兄弟姊妹深刻和准确地领会了什么是“强颜欢笑”。虽是正月中旬，依然天寒地坼。甄琪怀着对未来幸福的憧憬，甜蜜地喊过公婆“爸爸、妈妈”之后，上前亲热地拉着我们两个妹妹的手。她发现有着好听名字的两个妹妹，双手出奇地凉；而且，她们脸上的表情，也和手上的温度显不出多少区别。她还不知道，在她迈进文家房门的刹那之间，她即将相识的这两个妹妹，有过这样的悄声议论。一个说，瞧，麦子来啦。另一个说，什么麦子，还不如黍子哩。

的确，单就长相而言，甄琪的条件确实不如奚洁。身材不如奚洁那么修长，面庞也不如奚洁那样姣好。这种天然的姿质使懵然无知的甄琪一出场就处在了下风头。我们的妹妹抗拒接受新嫂子的冷漠，终于激怒了长兄文翰。在甄琪不在场的时候，他将文竹、文静关在屋里，雷霆震怒，劈头盖脸地训斥了她们，并强迫她们接受一个司空见惯却又很难落实到自家人头上的观念：人不可貌相，海水不可斗量。

如果我发现你们俩再这么执迷不悟，不冷不热，我将永远不理睬你们！文翰说。

可是，文竹小声嘀咕说，奚洁更好看。

真是不可救药！文翰说。

甄琪又不给我们烫头。文静说。

这个，文翰说，小事一桩。但你们要答应我，待你嫂子热情些！

我们的两个妹妹，惊魂甫定，不住点头。

但是甄琪真正赢得我们的敬重，却是在我们明白了她的经历与身世之后。她与文翰相识，是在大军区文艺汇演的时候。当时，文翰亲自编导的一台大型歌舞剧在演出时博得一片喝彩。人们看见，在深沉的乐曲声中，天幕上渐显一女子跪姿剪影。她双手擎着一柄钢刀，俯视着膝下的土地。大提琴舒缓的伴奏使一个女中音的吟哦深深地扣住了观众的心弦——

我爱我的台湾呵
台湾是我家乡
过去的日子不自由
今日更苦愁

此后是这位用跪姿造型的女子的独舞。她的舞蹈语汇具有很强的爆发力和感染力，这使文翰非常满意。而这位女演员，是文翰的文工队员在熟悉场地时扭伤了脚踝，由兄弟队临时支援的。

她参加汇演的是当时的一出走红京剧，在剧中由她饰演一个聪睿机敏的茶馆老板娘，用心计将日伪军在婚礼期间一网打尽。意外的是她主演的剧目没有获奖，临时客串的歌舞剧却一炮打响，这使得仅仅辅导了她三言两语的文翰不由对她刮目相看。在台上领奖时，文翰才知道她的名字叫甄琪，已经有了二十余年军龄。

年轻的“老文艺兵”文翰自那以后与甄琪以姐弟相称，并且以每日一封的频率开始了通信。在这种不间断的通信中文翰又进一步得知了甄琪的一段不幸遭遇，遭遇发生在“茶馆老板娘”与“伪军参谋长”之间。事发之后，“伪军参谋长”被押上了军事法庭，但是，创伤已经形成，心河早已冰封。文翰至此才明白了为什么甄琪对于苦难，特别是女性的苦难一试身手即表现得那样准确和深刻。与奚洁相比，甄琪的相貌可能稍显逊色，但是，后者首先是一个优秀的演员，是深谙艺术与人心交融规律的艺术家。这样一来，情况就大不一样了。

文翰在一位普通女子和一位艺术家之间进行了虽不艰难却十分痛苦的选择。最后他发现，他可以在四壁透风的陋室里饮雨咀雪，可以几天不洗脸修面，甚至几个月不换洗衣裳，但是，不可以在终身伴侣的选择上与一个艺术上能相互理解、精神上能相互沟通的女子失之交臂。要知道，有时候一个默契的眼神，就远远胜过千言万语！

这样，虽然甄琪在年龄上比文翰要大出五岁，却也并不影响她在退伍不久提出结婚时获得文翰的一口应承。

要是没问题，甄琪在电话里对文翰说，婚期就定在今年除夕，这是我们这里的风俗。

当然没问题，文翰声音急迫地说，有什么问题?

被一种崇高的拯救感包围了的文翰想的是，尽快地完婚，可以使甄琪早日走出心灵的阴影。但是，并非像文翰在电话里向甄琪表示的那样没有问题。我们的长兄面临的最大困难，就是怎样从文家祛除奚氏母女的影子。他设想了上千种方案，又推翻了上千种。在这种翻来覆去的设想和推翻过程中，时间流逝得飞快。当文翰蓦然发现没有一个方案是成熟可行的，时间已经不多了。后来他也向我们承认，自己的屈膝一跪是情急所迫，出于无奈；没想到放弃使用心计，却意外得到了父母的同情。

我们文家人，没使新人甄琪笑，也未见旧人奚洁哭。在无喜无悲的日子里，文翰的女儿文溪降临人间。只有甄琪一个人蒙在鼓里，为什么文翰为女儿起名为“溪”时竟然博得了文家人的一片赞赏。我们一致认为，世界上没有第二个汉字比“溪”更适合为这个孩子命名了。但我们谁也没有料到，就在文溪长成亭亭玉立的少女时，文翰会突然宣布，要和他相伴十几年的妻子甄琪离婚！在我们知道这一不幸的消息时，文翰草拟的离婚诉讼书，躺在法官的案头已经有好几天了。

5. 诉讼

甄琪嫁给文翰以后，便铸就了她与文家人坎坷的关系。有那么几年，这个女子对我们文家，总是若即若离。春节阖家团聚时，我们兄弟姊妹纷纷从各自就读大学的城市返回风木——其时我们文家，已经被落实了政策，从八条路村搬进了风木县城。但是，我们却很少见到文翰的三口之家；因为甄琪必定又将文翰父女俩领上了回娘家的路。我们将这种说不上融洽的关系，归咎于甄琪作为新娘子走进文家大门时，我们不由自主地表现出来的冷淡。但是随着我们对这个女子了解的加深，全家人都给了她热情的礼遇和尊重。这时候我们发现，文家的这位长房媳妇，是一滴飘浮在水上的油，很难与我们融洽相处，像一家人那样亲密无间。就在我们以为是心里尚未褪色的奚氏母女的影子仍在作祟，从而拼命地检点自身时，甄琪却忽然歇斯底里地指责起文翰的品行来！

我们的长兄文翰，虽然连小学也没有读过，但是凭他优游书海的丰富阅历，早已贯通文史，胆大艺高，先后发表、上演和拍摄了二十多部京剧、话剧、歌舞和电视剧。在中国东部的海市，他已经是一个享有相当知名度的青年剧作家了。

我们的父亲，由于文翰的影响，又重现了消失已久的自豪，逢熟人碰面，便问，看了吗？

看了什么？被问的人反问他。

《太阳风》啊，我们的父亲说。

这是由文翰编剧的一部电视剧的名字。该剧当时正在中央电视台的三频道播出。

甄琪就是在我们的父亲连日来压抑不住心中的兴奋时，制造了使文家声名扫地的街头闹剧的。感谢上天，使远在京城的我有幸免于目睹这种难堪的场面。听我的妹妹文静讲，披头散发、泪水淋漓的甄琪，从文翰的单位闹到大街上，又从大街闹到风木河堤上。面对滚滚东去的风木河水，甄琪的神情恍惚呆怔，口中念念有词，一步步走下河堤而毫无知觉。我们的妹妹文静死死拉住她，对周围数百人见死不救而心灰意冷。这个时候，我们的长兄文翰，以一种令人恐惧的冰冷语调对文静说，你不要拽她。你看她会不会跳河！

奇怪的是甄琪果然就恢复了神志，冷静地看着文翰说，你说，你是不是巴望我死？

文翰漠然看着她，一言不发。

你巴望我死，又不敢承认。甄琪鄙夷地说。

文翰的眼神掠过甄琪，望着远方。

跟你说吧，我偏不死。甄琪忽然像巫女一样笑了起来。我死了，你就成全美事了。你这狼心狗肺的东西！

正是这种泼妇似的谩骂，使甄琪在我们文家人心目中的地位，再次一落千丈。文静告诉我，她一边拉扯自己的嫂子，一边耳闻目睹这个两眼迷离、嘴角泛沫的女子辱骂自己的长兄，内心生出的鄙夷再次聚成这样一句话：麦子的确不如黍子。

自那以后，甄琪在我们文家本来就不巩固的地位和体面丧失殆尽。我们沉痛地发现，当一个人失去清醒的理智时，尽管她自己还不觉得什么，在别人眼里，这个人已经完了，一文钱也不值了。人到中年的甄琪，没有料到自己在风流韵事上大闹风木县城，收获的不仅不是她预想中的胜利，反倒是更为悲惨的结局。

这就是，当她最后一次举着一条裤衩和几封信闹到文家门上时，我们的父亲忍无可忍，对着这个像吉普赛女郎一样狂呼乱舞的儿媳妇，发出了那声让街坊们传诵不已的吼叫。

滚出去！我们文家，不允许这样！……

多年以后的现在，我们的父亲开始对当年那声怒吼的正义色彩和神圣性发生了怀疑。因为事实似乎在逐渐表明，确乎有一个神秘的女子，若明若暗地隐现在文翰的生活里。这使我们的父亲当年庄严的斥责变得摇摇晃晃起来，那份理直气壮已经被时间之水浸泡得十分松软，显得有些滑稽了。我们文家人终于明白了甄琪当年的哭闹，决非无端的丧心病狂，而是情感和心灵受到深重伤害之后既真实又自然的表现，而且十分无奈。

在这个纷繁嘈杂的世界上，女人维护自己身心的手段毕竟是有限的。女艺术家与泼妇之间，其距离有时甚至连半步也没有——那是一枚硬币的正反两面。

我们的父母代表全家人，来到大儿媳妇家，向已经显得十分羸弱的甄琪忏悔了。看着眼前形销骨立的甄琪，我们的母亲像看见自己的闺女那样，心疼地流下了泪水。这位文家的长房儿媳，十几年来辛苦备尝，身体状况每况愈下，再也不能像当年那样，在舞台上翩若惊鸿、且歌且舞了。她经常端着一只药罐子，按风木老百姓的说法，将熬过的中药药渣倒在路口；据说踩药渣的行人愈多，常年纠缠她的病症就会被愈快地带走。虽然几年以来病体并未见有好转，到路口倒药渣的习惯却是延续下来了，而且每次都还怀着似有若无的希冀。正是在她倒罢药渣，期待远方的两位老人前来踏踩时，渐行渐近的身影，使她认出了自己的公婆。

我们的父母在路口扶回了弱不禁风的大儿媳妇。进了家门，又见到了长得像小白桦树一样的孙女文溪。这个孩子业已开始读初中，而且还是以所在小学第一名的成绩，考上省重点中学的。甄琪和女儿见了我们的父母，没有哭泣，没有吵闹，而是给予了分寸节制的礼遇。她甚至吩咐自己的女儿去为爷爷奶奶弹奏一支钢琴曲。孩子修长的十指，在键盘上灵活地跳跃和滑动着，像流水一样的旋律灌进了三位长辈的耳鼓。我们的父亲，望着自己的孙女那出色的演奏，当时内心深处生出的想法，不是赞扬弹奏的孩子，而是想奋起当年的余勇，将自己的大儿子拖过来狠揍一顿。

一曲未终，门被敲响了。甄琪前去开门，迎进来两个穿法院制服的人。来人彬彬有礼地递给户主一张纸。甄琪接过来，只看了一眼，便软软地瘫在地上。原来那是一张传票，通知她在第二天上午，到法庭上去接受离婚诉讼。

离婚的诉状，重新引起了文家人对文翰真伪的怀疑。这一疑团进入兄弟姊妹的心间，从此盘踞不动，最终生根发芽。我们将这种三十多年前的看法，重又向父母提出来时，两位老人已经失去了当年逗弄子女的幽默，除了叹息声再也没有别的表示了。

但是文翰并没有因为我们的疑虑而改变离婚决定。面对我们的质询与规劝，他用沉默和不停息的抽烟来作答。这种无言所传达的沉重，就像他吐出的烟雾一样不断扩散，最终形成无边无际的乌云，积压在我们的心头，以至在那段日子里，任何人走进我们文家，都像走进阴霾里一样。

当然，文翰也并不是一味地三缄其口。在我们兄弟姊妹忧心如焚地为甄琪和小文溪轮番劝说无效时，久已积聚的疑虑终于冲破顾忌，当面提出来了。

你真是文翰吗？有一次，我忍不住说，我怎么觉得你不大像是文家人？

这样的问话，其性质已经与三十多年前大不相同。文翰听了，就像中了毒箭一样，痛若万状。他眉头紧锁，漠然地注视了我好长时间，眼神复杂，似乎里面有大千世界。

我们两个人里，他终于开口说，确实有一个不是文家人。

我倒宁愿我不是，我说，好让你做事少伤些人心！

旷日持久的离婚诉讼，在文翰与甄琪之间拉开了帷幕。正是在此期间，我们的母亲备受刺激，诱发了脑梗塞住进医院。所幸治疗及时，稳定和控制了病情。但是出院之后，我们发现母亲时常发怔，言语和动作的反应能力，已经明显不如从前。我们尽量不在她面前提及和谈论文翰的事情。无数次的调解和对簿公堂，令曾经同枕共寝的文翰与甄琪之间，已经再无秘密可言。最难堪的细节，最隐蔽的事物，都被抖落到阳光下面，使旁听者像散步街头的闲人用脚尖随意踢捡路边书摊上的花哨书报一样，从文翰和甄琪的陈词中挑选笑料和绯闻。我们文家人，坐在哄笑声此起彼落的旁听席里，长久地品味和思忖这样的事实：当我们拒不接受甄琪时，文翰竭力地推崇、颂扬和爱惜她；当我们终于明白了甄琪是值得文翰去推崇、颂扬和爱惜的时候，他却连一天也不愿和她在一起生活了。

时间的延续使文翰的离婚诉讼变成了一场似乎没有终点的马拉松。而这正好与甄琪的愿望不谋而合。早已度过不惑之年的甄琪，打定主意不与文翰分手，总是在文翰想方设法满足了她的条件之后水涨船高。疲于奔命的文翰一边工作，一边在讼场上据理力争。可是他渐渐发现自己已经陷入了一个可怕的圈套，这便是法庭对于任何只要有哪怕一丝破镜重圆希望的家庭，总是竭力撮和，而不会轻易判离。而甄琪每次拖着病体来到法庭，总是留给法官新的证据和希望，使他们感到这个家庭解体的条件并不充分；与此相反，言归于好可能性却越来越大。文翰越是暴跳如雷，火冒三丈，甄琪越是表现出温文尔雅的涵养，像母亲注视着孩子的顽皮一样，注视着文翰青筋暴突的诉讼。有一次，她甚至温柔地提醒文翰，他的衣服纽扣扣错了眼儿。

甄琪的坚韧不拔和法官们希望文翰夫妇握手言和的耐心，使文翰对于时光的感觉逐渐变得迟钝甚至麻木起来。某天他踩着黄色的落叶前往法院的途中，忽然看见天上有一行大雁，排着“人”字形的队伍自北向南飞去。转过脸来，他又看到形容枯槁、瘦得皮包骨头的甄琪，正信心百倍地登上法院的台阶，并送给他一个微笑。他突然打定了一个主意，掉转方向，朝熙来攘往的大街走去。很快，他便迷失在人海里，就像河流注进海洋，浩渺一片，再也分不清哪个是他的背影了。

甄琪是在法庭上久等文翰不来的情况下，才意识到事情有些不对头。她走到法院门外，不见有文翰的影子。自那以后，她便再也没有见过文翰。南飞的雁阵下蓦然回首的文翰，秋意阑珊，成了她与法律意义上的丈夫最后一次相见的记忆。

真伪莫辩的文翰，在将我们的父母折磨得头晕脑胀、心碎肠断之后，抛下妻子女儿，在人们的视野里突然消失了。直至现在，大雁南飞北归，去了又来；文翰的影子，却没有任何文家人再见到过。

他成了一片树叶，随风飘零，杳无踪迹。

6. 漂泊

推算起来，我自风木县中学高中毕业考进大学离开故乡，距今已近二十年。其间虽然也回去过几次，但总的来说，隔山阻水，对风木和老家的了解，是越来越少。就连初次见到成为文翰新婚夫人的甄琪，也是适逢那一年的寒假，我推迟了返校的时间，才有幸看见她与未出场的奚洁，在我们文家万分艰难地完成了身份的交接与转换。那以后，有关文翰的家事，我是听说的多，亲见的少，渐渐地，已经说不上有真切和完整的了解了。比如说，我至今无从知晓文翰与甄琪由于什么原因，竟至不和；离婚诉讼时的相互攻讦，由于其过分明显的目的性和个人色彩，已经离真相越来越远。我感到，真相就像大海里的一根针，它有，存在着，但却令人无法触摸。而兄弟姊妹中的转述者，也与我一样，或嫁或娶，早已为人父母，有了新生代，对于生活的看法，难免见仁见智。文静就曾这样说，文翰的家事，谁也不要妄说；

因为内幕，你们谁都无从接近。

文静的话遭到了父母的严厉申斥。你这是什么话！母亲说，你也是个女子。

正因为我是个女子，文静说，生活是复杂的……

母亲将手一摆，制止了文静的可能十分富有启示意义的下文。

我们就知道，什么都不必再说了。多年以来，父母竭尽全力适应自己的长子。他们尊重他的选择，迁就他的想法，跟在他后面收拾烂摊子，精疲力竭，肝肠寸断，却怎么也追不上他的思路，适应他的变化。而长兄文翰，却并没有因为不断的变迁而幸福起来；相反，他一路血痕，一路泪水，人生的旅途越来越迷朦、晦暗，终于浪迹天涯，不知所终。

这年的秋风渐凉的日子，一个陌生女子出现在风木县城。这位女子告诉我们的表情木然的父亲，她是出差路过。据她透露，一个叫文翰的行吟诗人，在她家里已经住了有半年多了。

我们的父亲掩饰了自己的激动。应他之邀，陌生女子用娟秀的字体写下了她的家庭住址。那是一座距离风木几千里的江边城市，盛产红棉。

我们的父亲一刻也没有延误，立即电招我从海市赶到风木，衔命出寻文翰。事实上，按照父亲的吩咐，我在全国有影响的报刊上已经登过不少启事，希望长兄文翰能够“见字速归”。但是，回答我们的依然是默默流逝的虚幻的时空。

在出行之前，我专程到风木县第一人民医院探视过大嫂甄琪。在喝了无数汤药之后，这位女子终于喝垮了身体，不得不住院接受治疗。在病房的走廊里，我远远听见尽头的房间传出京剧青衣的唱腔，其声如怨如慕，如泣如诉——

妾命已如游丝线
绝境能不恋夫男

我推门进去，见大嫂甄琪，望着窗外游走的浮云，殷殷唱道——

常言道夫行千里
牵着妻的手……

我听不下去了。我知道甄琪唱的正是文翰所写的剧本里的戏文。在他的剧本中，一位远古的方士先后抛别了自己重病在身的妻子、女儿，泛舟东渡，一去不归。甄琪所唱的便是离别之夜的唱词。在剧本创作和离婚诉讼纠缠在一起的日子里，文翰胡须荒芜，喉咙嘶哑，眼睛里布满血丝……

我叫道，大嫂。

甄琪一怔，站起身来，凝视着我，突然劈面扇了我一记耳光！

你还回来啊！她哭喊道。

我捂着脸说，是我。

打的就是你！你这一走，就是几年！……

护士和病友拉开了她。在诊疗室，我向医生了解病人的情况。医生指指我的脸颊，向我说明，正是这一记耳光，表明病人必须转到第三人民医院治疗，重点从疗救病体转为疗救精神。

我们的父亲，面对一连串的变故，在短短的时间内，变成了人生旅途中的风雪夜归人，头发完全白了。他基本上以卧床不起的姿态来面对生活，手里偶尔也翻览大儿子文翰留下的剧本或诗作，神情已远非沧桑二字所能尽述。

女子留下的字条，给我的侄女文溪带来了福音。小文溪望着远方，喃喃地说，我能见到爸爸了，我能……吗？

你能。我对文溪说。

你不会向我保证的吧？小侄女用恐惧和希冀相交织的眼神，殷殷地望着我。

我保证。我说。

我向单位请了假，准备远行。启程的时候，树叶已经不在我们的头顶婆娑，而是在我们的脚下飘零。它们在这种位置的转换中，发出细碎的关于生命的秋日私语。我的妻子水月，眼望随风起舞的黄叶，默默为我收拾行装。她将家里有限的两千多块钱，尽数塞入我的行囊。

你这一去，找到找不到，都要早点回来。水月说，别忘了我和孩子在家等你。

我知道，我说，儿子从幼儿园回来，你就说我开会去了。

我们厂可能要宣告破产，水月又说，过不了几天，我就要下岗了。

我无言地捏了捏水月的肩头。这一捏，她的眼泪就掉下来了。

我悄悄在枕头底下留了大约一半的钱，而后，一个人走向了火车站。

火车启动起来，缓缓滑出了车站。我回过头去，望着渐渐淡远、模糊的城市，慢慢地在视野中变成一团尘埃，一抹烟霞。我知道在那烟尘笼罩的下面，有我艰辛生活着的亲人，有泪光滢滢的小文溪。他们对愈行愈远的我寄予了无限的希望。

沉重而又令人烦恼的生活被抛在了身后，新的陌生的城市、人群、山川在不断地接纳我。我开始对远方产生了隐隐的期待。这期待令我悸动，令我不安，令我想象。我忽然理解了文翰为什么宁愿形同漂萍，浪迹天涯。

在那座红棉飒飒的江边城市，我按图索骥，找到了陌生女子的家。女子尚未下班，一位眼花耳背的老妪接待了我。我向老妪询问寄居在她家的行吟诗人文翰的情况，她始终用伴随着摇头的微笑来回答我。我在客厅小坐了一会，又走进了书房。我看见书桌上摊着几本文艺书籍；一支文翰平时爱用的圆珠笔，躺在已经写了半页文字的稿纸上。龙飞凤舞的笔迹，正是我的长兄文翰留下的。我在书桌前坐下来。我面前的烟灰缸，刷得干干净净，安静地卧在台灯下面，彷佛在等待主人往里掸燃过的灰烬。烟缸的一侧，有一盒“大前门”。这是文翰多年以来一直抽的牌子。即使是在“红塔山”“阿诗玛”“555”风行的情况下，他也不改初衷。大量的剧本、诗歌就是在这种烟草的熏陶中产生的。与他对坐交谈，看他抽烟如呼吸，从不间断，一支紧接一支的样子，令人骇然。而他更加神采飞扬，谈兴方酣，声若洪钟大吕，全然不觉空气中已经烟雾弥漫，犹如置身于柴禾潮湿倒烟的乡村灶房。我从烟盒中抽出一支，点火吸了一口，立刻剧烈地咳嗽起来。烟是霉的。我心中忽然产生出一种不祥的预感。

下班回来的女子证实了我的预感。原来在她出差的日子，行吟诗人文翰已经离开了她的家。当我问起文翰的去向时，眼前的这位女子惘然而又怅然；她也只能提供给我行吟诗人远足的大致方向。

你不要再寻找了，这位女子说，文翰和你，不是一样的人。

那他是哪样的人呢？我问。

我要是知道，就好了。女子说。

在接下来的继续寻找中，我发现许多城市与山川都留下了文翰的足迹，许多女子都与他有关（路过我们家的女子不过是他的女友之一）。与他有关的女子都被他抛向身后，被他抛向身后的女子都在怀念他。线索一个连接着另一个。有时候我几乎觅得了他的踪迹，就是不见他的人影。他似乎成了人们的一个记忆，一个传说。在这些记忆和传说中，他攀悬崖，涉急流，风餐露宿，与狼共舞，与蛇同眠，燃大漠孤烟，看长河落日。许多报刊都以能刊发到他的最新诗作为荣。这在一定程度上为我接近他提供了方便，但有时却更加不可依靠。因为有的杂志求不到他的新作，便以旧充新，这给我本来就困难的寻找增添了更大的困难。这且不算。有时候清晰可辨的线索，也似乎成了迷宫中的路线图，使我转来转去又回到了自己已经去过的地方。而且旧地重历时，我惊讶地发现人们的记忆和传说中又增加了新的内容，即行吟诗人的弟弟为了诗人孤苦伶仃的女儿，正在千里寻兄。我知道他们说的那个行吟诗人的弟弟就是我。但是也难说。传说中的弟弟，衣能蔽体，食能果腹，头光面净，举止优雅。而我，早已是筚路蓝缕，蓬头垢面，身心俱疲，经常走着走着就歪倒在路边，呼呼地睡着了。我带出的一千多块钱，早已花光。我的心里，不止一次萌生出回家的念头；但一想到小文溪的目光和我的允诺，就浇灭了心中还乡的火苗。一种也许在下一个地方就能见到文翰的念头，使我的双脚不停地向前走着。我与许多人同路邂逅。我向他们叙述着文翰的故事；有的时候，叙述已经不是他们的愿望，而是我的需要。因为即使在我告别了他们，踏着秋日由温热逐渐凉爽的光线继续行走，或者顶着黎明前的星辰起身远行时，我听见我的叙述依然没有停止。这种没有节制的叙述，终于导致一张街头小报的副刊，用很大篇幅登载了文翰的故事。在那篇文章的结尾，作者作了最善良的预测，说大约在冬季，我终于如愿找到了长兄，小文溪也见到了爸爸。在我的想象中，线索并未中断，希望仍在延伸。有时候我甚至想，说不定在一条羊肠小道上，或者在一条宽阔的马路边，在摇摇晃晃的索桥尽头，在风化剥落的老城墙拐角，在回响着低沉汽笛的码头上，在格格欢笑的村姑中间，在一晃而过的出租车窗口，在几个路边对弈的老者身后，在伐木工人炉火熊熊的小木屋里，在蒹葭苍苍、群鸥乱飞的湖畔……在任何一处文翰可能经过的地方，见到他的背影、侧影，或者迎面碰上。我们必将热烈地拥抱，泪水盈眶，高声畅谈，然后踏上归途，使所有的记忆中断，所有的传说归真。

正是这样的信念，使我成为我们文家继文翰之后又一位浪迹天涯的人。我的远足一步步沦为漂泊，我的出寻无可挽回地陷入了流浪。有的时候，你会在我们这个九洲方圆的任意一处，见到一个衣衫褴褛、目光执著的流浪者，请你相信，那个人就是我。在他身后，是他的亲人们期盼的目光；在他前方，是他永不放弃的希望。

这时候，寒冷的冬季还没有来临。

正月暮色

正月初三，我们去看小舅。我们，就是二哥和我。大姐表示，她不参与。小舅曾说，你们家女大夫，龙事虎事不问。小舅一开口，你就知道我们这里至今还说上古雅语：夫是语尾衬字，没具体意思；女大夫，说的就是我们大姐。什么叫龙事虎事不问？小舅的意思，是我们家里事情再大，大姐也不会过问。长年累月这样，我们已经习惯。原因，说出来您别惊讶，她沉迷资本运作，难以自拔啦。

春光正好，现在就出发。二哥问我，小妹，咱带点什么？我思忖起来。我们这里，秦时属齐，瑯琊郡，富庶不说，礼数极重要，何况春节拜会舅舅。小舅在母亲一族，有恩于我们，因此地位极重。那时候，父亲在瑯琊城里工作，只在星期天回家；母亲做大队书记，经常外出开会，她就让弟弟来看顾我们。小舅那时候青春年少，胆量过人。1969年春天，禁不住我们央求和怂恿，小舅决定杀一只鸡。你们这么面黄肌瘦，是得补补，他说，不然也对不住俺大姐。他说的“俺大姐”，就是我们的母亲。公鸡头被他剁掉了，还不死，满院子乱跑。我们欢呼着，跟着他乘胜追鸡。被斩首后的鸡失去指挥系统，跑起来很盲目，很快又被生擒。小舅泄愤一般，用开水烫它，拔光它身上的毛，终于使它服软，脖子从桌面耷拉下来，像一截新灌的香肠。但后继的工序，小舅却很茫然。他提着菜刀，围着桌上无头的光鸡转来转去。我们那时大约八九岁，也跟着他，转了一圈又一圈，思考的都是同一个问题：怎么办？思考的结果是，小舅忽然挥刀，凌空劈向光鸡。砰的一声，鸡胸裂开，溅了我们一身鸡屎。

我将鸡屎从记忆里抹去，对二哥说，到超市买些补品吧，毕竟小舅上了年纪。但是二哥反对。他认为现在所有的补品都很可疑。想起媒体的频繁曝光，我默然了。如今你吃什么不生疑心。我又建议，要不空手去，临了留些钱给他。二哥点着了一支烟。他做重大决策时，就会这样。我们是小舅的外甥、外甥女，这些年在银行都存了点钱，因此我的提议具有无可置疑的底气与合理性。但是二哥吐了口烟，说留下钱，小舅未必能花上。我又默然了，因为小舅家里，是小舅妈管控财务。最终，二哥掐灭了烟说，还是像前几年那样，买袋米，割爿肉，再拎两桶油，实惠！

我开着私家车，从瑯琊城出发，很快驶离省道，拐上乡间公路。小舅从前的影子不时闪现出来，将我们带入回忆。我们有四个舅舅。大舅是中国人民解放军营长，上个世纪沙漠追匪的功臣。三舅是团参谋，抗美援越的英雄。小舅是老三届高中生，曾经验上空军滑翔员。二舅，据母亲说比大舅、三舅和小舅还要俊朗，但不幸早夭，饿死在“三年困难时期”。这样说来，实际上我们只有三个舅舅。不过这也足以令我们自豪了。别人可没这么多舅舅。他们能有一两个舅舅就不错了。而我们有三个舅舅，人人都是传奇，个个气宇轩昂。但是，小舅最终却没能穿上绿蓝相配的空军服装。因为舅奶奶对带兵的说，俺四个儿子，一个殁了，两个当兵，这个恁再带走，俺老了谁养？这个“恁”，即带兵的人，没能回答出舅奶奶的问题；小舅本来直上云霄的前程，就此被拽弯了。他只能作为“回乡知青”，在家务农。

小舅的家，位于瑯琊县北乡八条路村。这个村名，曾因《苏北女人》而名声远播。那是一部长篇小说，将苏北平原子贡湖周围的柳巷、黑陡坡、大伞庄、邪婆岭、凤凰屯和八条路等六七个村子，星罗棋布的在她虚构的世界里。实际上，八条路村再现实不过。一路上，我们看见炼焦厂在田间冒着黑烟，河床皴裂得像松树皮，麦苗无精打采，与1963年我满头的黄毛，没什么两样。二哥像念报纸那样，干巴巴地说，还好，小舅家吃的，都是自己种的、养的，没公害。他训练有素的辩证法思维，让我也谨慎地乐观起来。我说是啊，农民有地，不用交税，也不愁房贷。进入八条路村，见有几座两层楼房，兀立在草瓦相间的村居中；纵向街道的路面，也铺上了水泥。车近小舅家停下，我们见院门敞开着，便携着猪肉、大米和食油，像扶贫干部那样径直进入，大呼小叫，小舅？小舅妈？新年好哇！

二夫、女三夫来啦？小舅妈从堂屋迎出来，见我们肩扛手提了礼物，似有不悦，说都什么年月了，还兴带些这个？

我们将她的不悦理解为客套，问，小舅呢，大过年不在家，逛土城去啦？

土城是瑯琊县北乡重镇，春节常办庙会。但是小舅妈摇了摇头，嘴巴朝墙根一呶说，那不是，晒太阳呢。我们就看见了小舅。我们本来应该早就看见小舅。但他萎缩在墙根一件灰色旧大氅里，领子立着，头发乱蓬蓬的，让你很难一眼就判断出那衣服里有人。他身边有畦过寒菜，倒是绿油油的，抢眼得很。大氅里的小舅看着我们，就像没有看见我们，问，今天，初几了？

大年初三啊。我们说，这不，给您拜年来了！

小舅将身上的大氅一抖，让它滑落在地上，而后像头老牛似的撑着墙壁站起来，高声对小舅妈说，我说什么来着？该来的，一准会来。快去备菜！

小舅妈捡起地上的大氅，低眉顺目地给丈夫披上，对他预判的准确性表示服膺。小舅像延安时期的革命领袖那样，将胳膊在大氅里撑开，这使他的形象顿时伟岸了许多。小舅妈牵着衣着簇新的孙女迎我们进屋，沏茶待客。我们在寒暄中给了孩子压岁钱，又问候小舅的身体。他表示一切都没问题，而后像将军检阅自己的部属一样，询问我们的情况。我和二哥表示，兄妹都在高校教书，工作、生活挺好的。茶话间，饭菜的香味渐渐溢满屋子，小舅妈来邀我们入席。只见圆桌上摆满各色菜肴，凉热俱备，几与酒店花色无二。我们表示本来是给舅舅拜年，竟劳烦小舅妈整出一桌丰盛菜品。

现在的日子，小舅妈笑道，吃得起了！

还是太讲究。二哥说，破费且不说，反害我们吃不到乡间风味了。

现在有了肉，谁还吃豆腐？小舅将大手一挥说，开席吧！

小舅妈低声问他，要不要等等小锵？

小锵是小舅的儿子，我们的表弟，做着收集废旧塑料、熔炼成坨的生意，为塑料制品厂提供原料。他媳妇银杏，在中学教历史。当天虽是年初三，夫妻俩也没松闲，一同出门送货去了。小舅表示儿子不是客人，不必等。大家仿佛听了将令，纷纷落座，斟酒入杯，祝贺新年，祝福健康，祝愿发财，很快酒酣面热；话题也越来越稠，从地下说到天上，国内说到国外，现实说到历史。二哥忽然提起小舅当年曾被毛主席接见的事情，问他从北京带回来的那只苹果，真是毛主席送的吗？

那当然！小舅回忆起那只跟他走千山过万水也没舍得吃的苹果，说他赶上了主席第八次接见。当天从全国各地大串联去的，都是凌晨四点钟集合，排队进入天安门广场。领队的说，主席吩咐了，每个红卫兵小将一袋面包，一截蒜肠，一只苹果。挨到下午四点多，小舅肠胃抽搐，眼冒金星，把面包和蒜肠吃了，才没晕倒在地。而那只红彤彤的苹果，最终被他以顽强的革命意志，在咽了无数唾沫后，完好带回三千华里外的八条路村。

苹果有多红呀，爷爷？小舅的孙女爬到他膝间问。小舅妈代答道，跟你爷爷脸一样红！

我们这才注意到，小舅已经红光满面，不知因为喝酒还是因为想起那只神圣的苹果。小孙女又追问苹果下落。小舅沉湎往事，似乎有些伤怀，说苹果带回村后，这个看，那个摸，加上有个虫眼，不久就烂掉了。我们知道当时的情形，都替小舅惋惜。二哥架起“马后炮”，说应该借鉴那只1968年的芒果——是刚果总统还是巴基斯坦外长送给毛主席的？他老人家转送给首都工农毛泽东思想宣传队，谁都没敢碰，还打了蜡，不也一样坏掉了？小舅要是学习人家，剜掉坏的部分，煮一锅汤，大家分喝了，就不算暴殄天物，也对得起当年他咽的那些唾沫了。

别恶心了。小舅妈说，一只烂苹果，讲了几百遍！

小舅正伤心着，听了小舅妈的话，正色道，苹果再烂，也是毛主席给的！

喊什么？小锵进了堂屋，对我们的小舅说，又喝多了？

小锵媳妇银杏两手甩着水进来了。她进门先洗手，看上去比小锵要斯文得多，问候了我们，又说，聊什么呐，这么热闹？

还是那只苹果，吹了快五十年了。小锵说，再没什么可吹的了。

不用察言观色，我们也看得出来，小锵试图接管家里的话语权。但小舅似乎心有不甘；也许是当着我们，面子抹不开。他像自我解嘲，又像喃喃自语，说怎么是吹呢。你现在的生意，不还是我以前打的基础？

小锵并不接父亲的话茬，敬了二哥一杯，又敬我。我说我开车，不能喝酒。他仰起脖子，将酒杯倒扣在双唇间，又搛了一筷子菜送进去，用力咀嚼起来。我们都在等他复小舅的话，或者说期待他承认乃父所说，以暗助我们一向敬重的小舅。小锵沉稳地嚼着口中的菜肴。看着他鼓起的腮帮子，我们相信那不是一块牛筋，应该用不了多长时间。但他一直在嚼，嚼了很久，甚至太久了，喉头才蠕动了一下，闷声说，一个烂摊子，还好意思说。

我们就知道，小锵心里有气，想必接手的既不是良性资产，也不是稳定客源。小舅被噎住，沉吟了一下，兀自端起杯来，呷了一口酒。烂摊子也是摊子，他说，做实业那么容易？如果不是我做过村书记，烂摊子，乡里也不一定给。

我们听了，立即起身向小舅敬酒。上个世纪八十年代初，小舅的确做过八条路村的支书。那时候我们的母亲已经从大队书记岗位上退下来，小舅还曾向她取经，如何处理村里的宗族矛盾。但是小锵看上去并不买账。他拦下起身敬酒的我们，反讥道，你才做了几年？就给撅下来了！

小舅再次吞了一口气。他确实没在村支书的位置上做满一届。后来我们听母亲说，因为八条路村的宗族争斗殃及小舅，他只得让出书记位置。如今，端坐席间的小舅仿佛重新体会了当年的无奈，尴尬地讪笑着，说，撅下来又怎样？不还是把我提拔到乡里了？

这倒是实情。据我们所知，乡里为了平衡矛盾，也为了安抚小舅，让他出任轻工公司副经理，主管塑料厂，也就是小锵所说的“烂摊子”。在我们心目中，那无疑是小舅的辉煌时期。身为乡镇企业家，他时常穿着整齐，胳膊下夹着皮包，往来市县乡里；偶尔见到我们，也是匆匆握别，无暇叙话。当时，我们的大舅已经转业，出任东夷市第三塑料厂党委书记，在业务上，对小舅助力不少。但是小锵对小舅的说法似乎很不屑。他目光不看小舅，却像电视里的摇镜头一样，先看我们，再看小舅妈，最后落在媳妇银杏身上，说，是啊，提拔到乡里，堵"枪眼"。

银杏会意了，随即从历史角度，为我们梳理事情原委。上个世纪九十年代，小舅履新乡里后，也曾想有所作为，却碰上全国企业改制。乡里顺势把负担转嫁给他。他无路可退，只好四处告帮，接下厂子。那些日子，小舅妈坚决反对，甚至数次以回娘家要挟。由于当时沿海一些网具厂大批赊货，加重了小舅的误判，认为生意还在，资金回笼后，塑料厂一定能活起来。实际上他哪里知道，当时接手的不过是苏南乡镇企业淘汰的落后产能。不久，调控指令下来，银行关闸断贷，客户纷纷赖账，厂子颓然倒闭。小舅急火攻心，晕倒在厂房门口；醒来后第一眼看到的，是一群告帮时的债主。

往事不堪回首。我们唏嘘不已，扯开话题，又问小锵生意怎样。小锵借着酒劲，先骂东莞市大商户抢单，又斥温州人添加剂掺假，总之行情的不景气与客户的不满意，责任全不在他。这时候，小舅怯怯地问了一句，要不，我再跑趟温州，找找老关系，给发点好的矿石粉来？听了这话，小舅妈忽然放下筷子，高声斥道，你还找找老关系！你哪里也不能去，就在家呆着！

我们面面相觑，不知道为什么小舅妈会反应过激。令人费解的是，听了小舅妈的申斥，小舅居然一声不吭，默默低下了头。事情到了这个地步，我们看出来，他在家里的地位已经一落千丈；因为一向温柔和善的小舅妈，都不再顾及丈夫在外甥和外甥女跟前的面子了。我试图缓和一下气氛，也想为小舅说项，叫了一声舅妈，说小舅这些年，不是一直在努力嘛。但我这句话，却像导火索一样，点燃了小舅妈的愤怒。

努力？！她说，他一努力，家都败光了！

小舅妈话音落下后，小舅忽然两手撑着桌子，嚎啕大哭！他的哭声，惊到了桌下觅食的那条狗，惶恐不安地躲到院子里。二哥和我手足无措，看看小锵，他端坐不动，既不阻止，也不劝慰；看看小舅妈，好像对小舅的失态早有心理准备，只是沉静地揽过小孙女，任由小舅涕泗横流。我们只好站起来，走过去，用手抚摸和拍打小舅抽搐不已的后背，用餐纸为他揩去脸上的鼻涕和泪水。

你们让他哭，小舅妈眼眶里也盈出泪水，说，看他哭完了，有什么话说。

我没什么话说，年近七十的小舅抽抽搭搭地说，我没什么话说。

我们心目中位置极重的小舅，如今在老婆孩子面前颜面扫地，二哥和我都很难过。但我们不明就里，一时又找不到合适的话安抚他，只能小心翼翼侧立两厢，做着递纸巾的无谓动作。银杏见状，将我拉进厢房，说姐妹说说话，随即诉说了一桩令人更加沉重不安的事情。

那些年，负债累累的小舅，做了能做的所有挣扎。银杏的话让我想起来，小舅曾经找我帮他办过贷款。我也托过我的同学——一位副市长的千金出面，履行了所有手续，最终却不知何故，没拿到贷款。走投无路的小舅，新世纪过后不久，遇到了我们的大姐。大姐告诉他，要想绝地求生，东山再起，只有跟她走。到哪里去呢？北海！北海在哪里？广西！那么远啊。不远。飞机当天就到。小舅跟我们的大姐飞到了北海。接待方西装革履，出手阔绰，让蓬头垢面、身心俱疲的小舅，顷刻感受到什么叫贵宾礼遇，什么叫热情款待。几天参观下来，小舅更体会到什么叫眼见为实，什么叫开阔视野。原来，北海正在大展宏图，实施“国家开发战略”！只要小舅敢于投资，回报十分惊人：那不是几分几厘而是几十分、上百分的红利！小舅如梦初醒。小舅热血沸腾。但是说到投资，小舅立马从天上跌落人间：他没有钱。他不仅没钱，还欠了一屁股债呢。我们的大姐微微一笑：有钱赚钱，那不叫智慧；没钱赚钱，那才算本事。到底该怎么办？——融资呗！小舅听后脑洞大开。他潜回瑯琊县北乡八条路村，谁都没有告诉，开始密秘筹集资金。他瞒着小舅妈和小锵，将祖居和小锵贷款所购的一套小户型房产，一同抵押给银行，几经周折，贷到一笔五年期款项，而后孤注一掷，投到了广西北海“国家开发战略”中，换得一纸收据。他手里捏着那张盖了红印的纸条，心里想着，要不了几年，他就能证明自己，就会给全家一个惊喜，让他们知道，正是靠着他的智慧、他的胆识、他的融资和投资，不仅已有的债务终得清偿，全家人还将过上传说中的土豪生活……

就是这张纸条。银杏从厢房抽屉桌里，取出一张皱巴巴的收据递给我。我看了看那张印刷粗糙的纸张，想起央视对利用“国家开发战略”设局诈骗案例的曝光，一声叹息，深深理解了小舅妈对小舅的怒火，为什么瞬间烧得那么旺；理解了小舅在家里的地位，为什么沦为末位；理解了提起看望小舅，我们的大姐为什么语焉不详，闪避不及……

过了正月十五，贷款就到期。银杏说，这个家，还有瑯琊城里的房子，银行就要封门了。

我听了，觉得五脏六腑好像被掏空，冷风正呼啸着，穿胸而过。堂屋里，小舅的抽泣声渐渐微弱。我知道，对他而言，已经不是语言安慰的问题了。走出厢房，我回到桌边坐下，看见盘杯碗盏上已经结了一层霜，听见小锵正对自己的父亲作人生总结。

你这一辈子，怎么折腾，小锵说，也就是两个字：失败！

我们听了小锵的话，觉得非常刺耳，但却找不出替小舅反驳的说辞来。小锵对他父亲的彻底否定，实际上是他的最后摊牌，表明他将取代我们的小舅，成为家庭户主。他对我们不再避讳，是因为他需要见证人。这样想着，我们的心情已经不只是沉重，而是十分悲凉了。

在众人眼里已经一无是处的小舅，缓缓伸出手来，摸过桌上的酒瓶，为自己的酒杯斟满了一杯酒。我没有失败。他又逐渐恢复了平静的语调说，至少，我没有一直失败。

满屋子人，小舅妈、小锵、银杏、二哥和我，都诧异地望着说话人。我甚至感到，小舅的脸上，好像还隐隐渗出了令人费解的笑意。

本来，做成的这件事情，我想烂在肚子里，一辈子都不说。我们的小舅，用一种牙痛般的声音，嘶嘶地说，既然你们逼我承认失败，我这就告诉你们，我成功过。

大家望着他，莫名地被他脸上怪异的笑容和身上散发出的末路英雄般的气场镇住，不由次第落座，看他端起自己的杯子，喝下刚刚斟满的酒，幽幽地说出他做成的一桩事情来。

原来，六七年前，他从北海回家办理房产抵押贷款时，曾经被银行一个信贷股长要挟，为他的女儿办理过假户口，成功顶替另一个考上大学的女生，冒名上了大学。大学毕业后，那个信贷股长的女儿继续使用假户口，又考上了公务员。如今，据小舅说，她在单位干得还不错，即将提拔为中层干部了。

我听了，感到手脚冰凉，继而全身发冷，真正体会到什么叫做不寒而栗；看看大家，几乎都因为惊异而张大了嘴巴，半晌合不拢。后来，银杏声音颤抖着问公公，那个被顶替的，知道这件事吗？

不知道。小舅眼睛里，闪烁出一种困兽犹斗的光，说，要知道了，还能算我做得成功吗？

我们告别了小舅的家，一路无话。但是，我们的车子，越开越慢。渐近黄昏时，我打开“双闪”警示灯，将车停在了路边。我感到胸口发闷，拉开车门走了出来。二哥也跟着下了车，与我一同站在正月初三的暮色里。寒风吹拂着原野，将不远处郯琊县城的万家灯火，变得摇曳不定。我默然无语，转头看二哥，他正用力抽着已经熄灭了的烟。

表舅遇到阶级姐妹以后

剃头匠游走在上个世纪七十年代的赣榆北乡。

赣榆位于苏北，北乡便与鲁南接壤了。那里的乡村，土路笔直，白杨参天，秋风苍凉，树叶在剃头匠头顶飒飒作响。剃头匠挑着一头热的挑子，哼着柳琴《喝面叶》，一路前行。挑子热的那头，生着铁皮炉子，炉上做了铁丝围栏，蹲着一只小铝壶，壶上扣着花脸盆；凉的那头，是一个分层屉的小木柜，里面机关复杂，住着剃刀、剪子、梳子、肥皂、香粉和雪花膏，上面支架上挂着新旧两条毛巾。挑子两头匀称，不轻不重，挑着走路很惬意。

正走着、哼着，剃头匠看见前面路边坐着一个女子。那女子年纪不大，皱着眉心，见了他，开口叫大哥，问他刚才唱的是什么。

剃头匠心想，坏了，遇见麻烦了。他放下挑子，蹩过去回答，是《毛主席的书我最爱读》。随后像小学生一样，小声唱起来：毛主席的书，我最爱读，千遍那个万遍哟，下功夫。深刻的道理，我细心领会，只觉得，心里头，热乎乎……

这还差不多。女子说，刚才我还以为你唱的是毒草《喝面叶》哩。

毒草我们早不唱了。剃头匠见过了关，开始表白自己。

但女子切断他的话，问他要到哪里去。剃头匠表示地方不固定，走四乡，混饭吃。

大哥，你该到县城转转，到那里为人民服务。年轻女子坐在田埂上不动，建议道，这样，你不就能送阶级姐妹一程了么？

剃头匠心想，这个大姐倒不怯生，要自己送她一程，就不怕被拐了？问，送你到县城做什么？

管我做什么，阶级姐妹给你钱呢。女子说，你先去借辆平板车。

剃头匠见那女子穿着干净利索，心想兴许是老天爷睁眼了：帮她一把，还有钱挣，也害不了自己。剃头匠父母早亡，一直自己挨日子，暗里找算命先生掐过八字，知道年过四十就会转运。兴许就应在这一天呢。由于常年逢集赶场，遇事撞喜，乡里人缘熟，剃头匠随即在附近村里把剃头挑子押了，借了一辆带骑杠的平板车，回来送路边的女子。

女子原地没动窝儿，看来一直在等他，这让剃头匠感到高兴。那女子上平板车时，剃头匠才发现，原来是个孕妇，便问，大姐，你这是要到县里查身子，还是生孩子？

那要看医生怎么说了。女子眉心又蹙了，说，你别叫我大姐，我还不到二十四呢。你快四十二了吧？

剃头匠心里一颤，我有那么老吗？说，过了这个年，我才四十一呢。

我说我没看走眼吧。女子坐稳了，双手拢着腹部，问，大哥成家了么？

剃头匠插上骑杠，那辆平板车就变成三轮车了。他骑上车蹬起来，觉得还算得劲儿，便对坐在车上的女子介绍自己，说剃头发不了什么财，只能落个油盐酱醋钱；没人愿嫁穷光蛋，现在还是光棍汉。按说，他全家只有一张嘴，花销不大，又会手艺，存笔钱是不成问题的。说自己是穷光蛋，不是他怕露富，引外人动心思割他“资本主义尾巴”，而是隐瞒了自己的一个嗜好——摸小纸牌，赌两把。

平板车上的女子听了，说，穷光蛋好呢，越穷越革命。

因为正在上坡，剃头匠奋力蹬车，累得气喘吁吁的，说，可我宁愿有钱，不愿革命。

你那是什么觉悟啊。女子说，话说回来，不反革命就成，不然阶级姐妹就要遭殃了。

大姐觉悟高，向大姐学习。剃头匠骑到下坡路，心情一爽，开始油嘴了，大姐知道男人骑车，有哪“三愁”、哪“三欢”么？

我们女人家家的，女子说，哪知道你们男人那些道道。

剃头匠见女子很开通，便来了劲，大声道，“三愁”啊，是顶风、上坡、驮老头！

女子听罢笑了，知道那是男人最吃力和最不乐意做的，便问，那“三欢”呢？

是顺风、下坡、驮“识字班”，剃头匠朗声说，就像现在！

剃头匠说的“识字班”，指的是建国前后解放区办“扫盲班”时，年轻女子学文化特别积极，班上差不多是清一色的女青年，后来赣榆北乡人就用“识字班”指代未婚年轻女子。女子听了，咯咯一笑，说，大哥真会说笑，我哪是什么“识字班”？让你受累，妹妹心里正不安呢。

剃头匠听女子嘴里的“阶级姐妹”悄然改称“妹妹”了，心里一热，脚下格外用力。

这样的故事，在赣榆北乡上个世纪的七十代，特别容易在纳凉的夏夜生长。你可以猜想它生长的方向已经离“天仙配”不远，却无由地在心里祈祷它不要改变走向。1972 年暑假，十二岁的我，小学已经毕业，从赣榆县城南公社移民村徒步二十四里，到官河公社周宅村舅姥爷家走亲戚。那之后一个接一个的夏夜里，我躺在打麦场的芦席上，舒展四肢，眼望星斗，从年高德劭的舅姥爷嘴里，听三国、听说唐、听岳母刺字和包公铡美，内心时而惊悚，时而感奋，时而心潮澎湃激荡。但那只是前半夜的情形。在舅姥爷回屋睡觉的后半夜，众多堂舅和远房表哥的嘴里，数不清的野狐禅和乡间轶事，犹如潺潺溪流，开始涌入我的耳鼓，渗透我的遐想。

我知道他们不是在讲给我听。他们以为我早就睡着了，只是彼此讲和互相听。有时候正讲着，他们会突然大声叫我的名字。这种时候，你如果应声，就犯傻了：十有八九，最诱人的部分会戛然而止。你得装睡，甚至装死，任他们怎么叫唤，只管一味打鼾，精彩的部分才会放马过来。因此，那时候充其量我只是在偷听。

在他们放心的讲述中，故事里的主人公，女子一律美艳，男人大多落魄；但是进京赶考的书生已经不多，剃头匠、小货郎、锔锅锔盆的小锡匠们却络绎不绝。他们游走在乡间，光天化日里，为赣榆北乡的父老乡亲售卖日用商品，交换小道信息；月白风清时，个个艳福不浅，必定艳遇丛生。十二岁的少年听得心猿意马，夜不能寐。因此，到赣榆北乡走亲戚总是让我动力十足，欲罢不能，纳凉夜话成了我青春开蒙的重要课堂。

但是，县城太远了。我的一个远房表哥说。那天夜里，我虽然躺在芦席上装睡，心里却知道，县城一定得远，不然，剃头匠和那个女子怎么会生出云雨故事呢。

果然，接着，我听见远房表哥说，剃头匠蹬车蹬到晌午，已经累瓤了（赣榆北乡方言，即精疲力尽），可路程走了还不到一半。车上的女子，眉头皱得越来越紧，看样子疼得快要撑不住了。剃头匠问，要紧么？女子说不要紧，却让他抱起来，送到土路坡下解溲。剃头匠抱起女子送下坡去。

女子说，走开啊你。

剃头匠走开了。

女子喊，叫你走开，没听见么？

剃头匠说，我这不是已经走开了么？

你那叫走开么，大哥？女子说，跟趴在我两腿下面，有什么两样？

剃头匠只好躲得更远。

女子方便完了，又喊剃头匠，把她抱上平板车。

远房表哥这段讲述，引发了现场听众的强烈不满。在众人愤怒的声讨中，远房表哥并没让步，执意把故事讲得干净卫生，使一个十二岁的少年知道，即使在舆论的重压下，你也不能为了哗众取宠，改变事情的真实情形。当然，远房表哥的讲述让我清楚地记得，剃头匠的故事即使不够媚俗，也依然诱人。

剃头匠抱着孕妇上坡时，累得两腿发软，对自己承诺送人的冲动有些懊悔。但是，那时候退回去和向前走，已经差不多一样远，剃头匠知道后悔无益，只得向着县城方向，默默骑行。傍晚时分，终于到了县城。进了县医院，女子已经痛得不能走路了。几个护士把孕妇搭进妇产科，让剃头匠去挂号。剃头匠愣着，女子对他说，大哥你先帮个忙，出来我给你钱。

剃头匠只好到窗口排队挂号。正排号，护士从妇产科风风火火走出来，问谁送孕妇来的。剃头匠走上去说是“我”。护士说，哪有你这样的家属？在这里躲清闲，连包卫生纸都不买？

剃头匠说，我这儿正挂号呢。

孩子都快生下来了，挂不挂号的，那么重要？护士斥道，快点买纸去！

剃头匠只好折去买卫生纸。他在医院门口商店买了几包纸，细心记下钱数，想着最后和孕妇结总账。进了妇产科门廊，护士告诉他孩子已经生下来了，是个胖小子，又叫他去买糖。

剃头匠无师自通地问，是红糖还是糖块？

红糖、糖块都要！护士说，哪有这样做“大大”（赣榆北乡方言，即爸爸）的，什么都不备！

剃头匠又出去，“备”了红糖和糖块，打发了贺喜的大夫与护士，喂了孕妇红糖水，恍惚找到了做“大大”的感觉。

由于那女子身上没什么钱，医院要求剃头匠垫付了接生费，办了出院手续。这时候，女子抱着孩子，一步一步朝医院门外挪，沉默而又倔强。大夫在剃头匠身后喝斥道，这男人怎么回事儿？得了儿子，就不疼媳妇了？

剃头匠还没回过神来，医生说，还不把产妇扶到平板车上？！

剃头匠把产妇扶上了平板车，心想，女子腰里根本没钱，这一天，白忙不说，还倒贴，就算破费买了后悔药，回去慢慢吃吧。女子在平板车上坐好了，对发愣的剃头匠说，走啊，大哥！

剃头匠木头木脑地问，又要上哪儿？

上哪儿，女子说，路上再告诉你。

平板车上了乡间土路后，孩子不知为什么哭起来，女子说，大哥，喜欢这孩子么？

剃头匠一天忙下来，头晕脑胀，一分钱没见着，腰包瘪得比肚子还快，听见女子问起孩子，恶声恶气地说，喜欢有屁用，还能过继成我儿子？

女子对剃头匠的话倒并不气恼，又问，想过娶房媳妇么？

娶媳妇？做梦都想。剃头匠嗡声嗡气道，也只能做梦的时候想了。

亲不亲，阶级分。女子说，大哥要真想，把我们娘俩接回家吧！

虽然已经暮色四合，但是女子说出的每一个字，都像油灯那么大的星星，照亮了剃头匠人生前头的路。剃头匠知道，那女子不仅模样葱俊，还生了个胖小子；自己呢，穷得叮当乱响，看着赣榆北乡的女人像遍地葵花一样向阳生长，自己却连个葵花籽都没嗑着，只能像肩上的剃头挑子，一头热了。如果能娶到眼前的女子，不是前世修来的福份，至少是祖坟选对了地方。剃头匠按下心头狂喜，小心翼翼地问，大姐，你不是开玩笑吧？

自打叫你送我上县城那时起，女子说，我就没开过玩笑。

任何人都有获得幸福的权利，哪怕他是个剃头匠。任何奇巧的事情都有可能发生，特别是在贫穷尚未远离赣榆北乡的年月。不是发生在现实里，就是发生在想象中。1973 年的寒假又到了。已经成为初中生的我，照旧到赣榆北乡舅姥爷家走亲戚。一个飘着小雪花的晚上，做了中学代课老师的远房表哥，带我到邻村去看现代京剧《龙江颂》的电影。在江水英身上，无论长相还是做事方式，我都看见了母亲的影子。当时，她正起早贪黑，带着移民村建电灌站。我感到，移民村正不断发生着变化。远房表哥对未来，也是信心满满，向我说起他的人生愿景：1973 年秋天，添一件毛衣；1974 年春天，争取买一块“地瓜表”；1975 年夏天，如果可能的话，置一辆“永久”牌自行车……

远房表哥说的“地瓜表”，是南京市生产的一款名叫“钟山”的机械表，当时售价 30 元。因为低档，乡间戏称“地瓜表”。上海产的“永久”牌自行车，名头力压“凤凰”与“飞鸽”，位居当时中国自行车三大名牌之首。几年里，远房表哥能添一件毛衣，我信；买不买得起“地瓜表”和“永久”牌自行车，我将信将疑。但是他的想法，依然令我心驰神往。我祝愿他的人生目标能够如期实现，最好也能像暑假故事里的剃头匠那样，娶到一个模样葱俊、生了胖小子的媳妇。

你是说俺表舅？俺哪有他那年的福份呀！远房表哥说。

原来我 1972 年暑假里听到的故事，确有其事；原来主人公剃头匠，实有其人，是远房表哥的表舅！我在瞬间理解了远房表哥当时的讲述，为什么不像别的故事那样云雨交融、花红柳绿。这么说，我也得喊剃头匠表舅了？我问。

那当然。远房表哥说，那年俺表舅，第二天就请亲戚朋友喝喜酒，把婚事办了。第三天就带着媳妇去见岳丈……直到去年秋天，他还过着好日子呢。

什么叫“直到去年秋天，他还过着好日子”？我吃惊了，他现在的日子，过得不好么？

他现在的日子……，远房表哥欲言又止，末了说了一个字，唉！

被我远房表哥“唉”了一声的远房表舅剃头匠呀，你到底怎么了？

那一年，那个女子带着她的新生儿嫁给了远房表哥的表舅。剃头匠在喜酒宴上，说了一句令人长时间难以下咽的话：天大地大，不如我的福气大！

正是这句发自肺腑的实话，引发了光棍们数不清的羡慕、嫉妒、恨，同时激活了他们无数的非分之想，使他们在走路的时候，变得心事重重，不停地留意路边有没有坐在地上的年轻女子，让他们也借辆平板车，送上一程。让他们怒气冲天的是，好运似乎被剃头匠表舅一下子用光了，不见了，没有了。路上坐着的，不是走累了的老爷爷，就是饿坏了的老太太，再不就是拖儿带女的老妈妈，使那些光棍们唉声叹气，四顾茫然，毫无办法。自打剃头匠表舅用平板车拉回了媳妇，赚了个儿子，谁不说他祖坟上冒了青烟。他自己也承认这一点，告别了以前的牌友不说，还经常对人自嘲——

哎，我这是打盹磕到屎上，该吃啦。

他的话里，自谦和自豪的意思都有：所谓时来运转，山也挡不住。确实，1972 年暑假，我的远房表哥让我知道了，天上如果掉馅饼，还真能砸到人的鼻子尖，剃头匠表舅就是。但是 1973

年寒假，远房表哥那一声“唉”又让我明白了，砸到鼻子尖上的馅饼，就算吃到嘴里，也不一定能咽进喉咙；就算咽进喉咙，也不一定能下到胃里。因为剃头匠身在福中，虽然也知福，可是不久，就被幸福冲昏了头脑，又开始摸小牌，赌上了。

剃头匠表舅复赌的原因，和他原来那些牌友有关。他们对他守着媳妇、孩子、热被窝，不继续和他们夜赌的行为，极度不满，想法设法勾引他，没钱借给他钱，有钱赢他的钱，终于让剃头匠表舅陷进赌债的深窟里，爬不出来了。几个牌友找回了平衡，经常开怀大笑。

外面欠了债，剃头匠表舅在家里说话就没了底气，看媳妇也不敢正眼。给人理发，时常走神，剃头的时候，割破了头皮；刮脸修面，剃掉了眉毛。老主顾不满意，新主顾发脾气。生意每况愈下，表舅沮丧至极，整天没精打彩，终日唉声叹气。这样的情形，表舅妈看在眼里，揽在心上，觉得自己是“拖油瓶”（赣榆北乡方言，即女子带着孩子出嫁）来的，男人有点情绪，有点意见，也很正常，必须忍着。

后来我们知道，表舅妈有那样的度量，缘于也走过沟坎。原来几年前，她恋过一个知青。那知青也曾指天发誓娶她，但最终食言，用县里下拨的指标招工回城，走了。不知道多年以后，那人会不会听着李春波的《小芳》流眼泪；但当时，孩子已经躁动在母腹，他却溜掉了。未来的表舅妈面临的问题是，“大大”鳏居多年，她就是“大大”的面子；但面子上长满了“蝴蝶斑”，她拽不住知青，就交不出“下家”，只好违心承认自己在外面

“皮麻”（赣榆北乡方言，即胡闹），吞了苦果。“大大”盛怒之下，把她逐出家门。眼看即将临盆，她走投无路，半路截住了一个剃头匠，生了孩子。由于对知青心灰意冷，也是和“大大”怄气，她一跺脚，下嫁了比她大十八九岁的剃头匠。知青的绝情，让她有了论据可靠的个人见解：全世界的男人都有缺陷。设想从前，剃头匠一人吃饱全家不饿，长夜难熬，喜欢赌两把，似乎也无可厚非。所以做了剃头匠的媳妇以后，她每天里里外外忙活，说话做事格外小心，却并不知道，更麻烦的事情，离她越来越近了。

这一天，剃头匠表舅在邻村赶集，剃了几个头，窝了一肚子气。看看天色已晚，想收拾挑子回家，却被以前的几个牌友团团围住，说，别走别走！革命不是请客吃饭，只是赌两把。

俗话说，好喝酒的禁不住三让，好赌博的禁不住一拉。剃头匠心里发痒，手心冒汗，对几个牌友说，你们等一下，我把家什寄存了。

剃头匠表舅就近敲开一户人家的门，问能不能把剃头挑子暂放他家，次日来取。那户人家先出来一个矮个男人，又出来一个高个男人，是两兄弟，应门见是剃头匠，表示都是阶级兄弟，可以寄存；并提醒剃头匠说，以前你不是还在我们家押过挑子、借过平板车么？

瞧俺这记性！剃头匠想起给他带来美满姻缘的恩主，本该警觉起来，借故不赌赶紧回家，怎奈门外牌友一迭声紧催，迷了心性，说，那就谢谢啦；挑子炉上还有大半壶热水，你们随便用。

话音未落，高矮兄弟的视野里，剃头匠已经消失不见。

一夜无话。第二天晌午，那兄弟俩家的院门，又被敲响了，是我和远房表哥共同的表舅，剃头匠。只见他额上缠着纱布，眼睛青得像乌眼鸡，一瘸一拐进了门。高矮兄弟见了，非常吃惊，问是怎么搞的。剃头匠硬着头皮表示没事儿，挑起剃头挑子想告辞，只挪了几步，就一头栽倒在地。

高矮兄弟赶紧抬起剃头匠，送到自家厢房的床上，又到村里找赤脚医生，查看了伤情。原来只是些皮外伤，并没动着筋骨，也就放了心。矮哥哥掏钱买了些消炎药水、伤痛药膏之类，放在床边的小桌上；高弟弟又煮了挂面，磕了两个鸡蛋，盛了一大海碗，也放在床边小桌上。然后，兄弟俩一左一右看着剃头匠，像看着自己的亲人一样，等他醒过来。

剃头匠其实早就醒了。他知道高矮兄弟家里没有女人，任由兄弟俩忙活，并没把眼睛睁开。他在想心事：眼前怎么答对两兄弟的关照，回家怎么跟媳妇交代。一切都想好了，他先"哎哟"了一声，接着睁开了充满血丝的眼睛。那些血丝是熬夜的副产品，与挨揍无关，但剃头匠抬手先捂了眼睛，接着做出挣扎的样子，意思是要起身离开。

我这是到了哪里？剃头匠顿了顿，又说，真是麻烦两位阶级兄弟了。

你遇上了，矮哥哥问，麻烦？

谁打了你？高弟弟问，是不是，地富反坏右？

剃头匠忙说不是，并恰到好处地叹了一口气。

这件事情说起来，他说，和你们两位阶级兄弟，也有联系啊。

然后，一五一十，剃头匠对高矮兄弟说起了事情的前因后果。在他的描述里，伤情和高矮兄弟确实有了若即若离的联系。正是那年那月那一天，他学雷锋做好事，在兄弟俩家里押了剃头挑子，借了平板车，送一个没有一分钱的女子，到县城临产。也该着那女子命好，遇到了他这个善心人。亲朋好友都劝他好事做到底，收留下拖了“油瓶”的女子；也怪他无产阶级原则和革命意志都不坚定，最后同意了。可是，哪有办婚事的钱呢？没办法，只好借了“庄台”（赣榆北乡方言，即高利贷）二百块。现在利滚利，已经翻了倍。可他一个剃头匠，要养活一家三口，怎么剩得下钱？这不是，叫“庄台”找人给“修理”得……有皮没毛了。

这样的说词，经常出现在当下的煽情剧里，但即使配上如泣如诉的二胡曲，也未必能赚那些浅眼窝里的泪水。不过，在上个世纪七十年代的赣榆北乡，人心尚古，尽管没有配乐，剃头匠的一番话还是让高矮兄弟俩义愤填膺，纷纷表示，请剃头匠放心，不能因为四百块钱，眼看他被人整死。那以后的情形，对于和剃头匠有亲戚关系的我和远房表哥来说，不能不说令人感动。高矮兄弟以无利息、无借据的方式，借给剃头匠表舅四百块钱，让他去还高利贷。

还是阶级兄弟好，剃头匠接过那笔巨款，哽咽着说，还是阶级兄弟好啊！

四百块钱，在上个世纪七十年代的赣榆北乡，的确不啻一笔巨款。在我的记忆里，移民村一个壮劳力干一天活，挣十个工分；年终决算，只合两毛三分钱。我和远房表哥共同的表舅剃头匠，喜滋滋地拿了钱，如约偿还了赌债，随后脚步轻快地挑着剃头挑子，回了家。

表舅妈见了剃头匠表舅，自然询问伤痕因由。她得到的解释是，丈夫赶集摆摊走得太远，回程是夜路，心急没留神，在河堤上一脚踩空，随后就什么都不知道了。第二天日上三竿后，他发现自己躺在河堤下，已经鼻青脸肿。

唉，这既不能怪人，剃头匠表舅语义含混地说，也不能不怪人。

表舅妈边给表舅洗伤包扎，边替男人说出潜台词，反正不能怪“你”。

那怪谁呢？剃头匠表舅装傻充愣，又问媳妇。

怪河堤呗。表舅妈说。

剃头匠表舅幸福地笑了。他知道，自己已经暂时度过了难关。

第二天，剃头匠表舅挑起剃头挑子又上路了，嘴里的《喝面叶》，哼得格外起劲：“大路上来了我陈世铎，赶会赶了三天多……”

剃头匠表舅觉得，《喝面叶》里那个赌输后被梅翠娥原谅的陈世铎，真地和自己有几分相像，却不知道一条比陈士铎更叫人啼笑皆非的路，已经在他的前头铺展开。自那以后，他做完了活计，经常会揣着一包卤货，提着两瓶曲酒，出入高矮兄弟的家。月落日升之间，他们总要推杯换盏；三巡过后，每每把林彪骂得狗血喷头，把孔子贬得一钱不值。临了的话题，总要扯到女人身上。那样的时候，剃头匠，我和远房表哥共同的表舅，就成了“过来人”，成了权威，成了最有发言权的人。

哎呀，跟你们哥俩说，剃头匠说，那个，那个……

哪个呢？……高矮兄弟对于剃头匠的吞吞吐吐、词不达意、话到嘴边留半句，既着急，又不满。但是他们不好得罪“过来人”、权威和最有发言权的人，只能眼巴巴等着。

这个，这个……，剃头匠表舅找不到合适的词儿，最后认输：好做不好说啊。

借着酒劲，高弟弟提出，剃头匠成天走村串户，认识人多，能不能给他哥说房媳妇。喝了些酒的剃头匠，闻言立刻大包大揽，拍胸作了庄重承诺；而后，似乎怕人偷听了去似的，凑近矮哥哥的耳朵，不无神秘地说出了自认为对女人石破天惊的发现，咳嗽一声道，你自个儿捉摸去吧！

正是剃头匠表舅欲擒故纵的心计，使得矮哥哥当场表示，如果他能为自己说房媳妇来，借给他那四百块钱，不用还了，就当了月佬的鞋钱！

剃头匠表舅等的，正是矮哥哥这句话。

述说剃头匠表舅的故事，在我远房表哥的话音里，已经听不出暑假时那种快乐的语调，有的只是不满、失望和伤感。作为中学代课老师，他读《三家巷》的时候，我才开始读《艳阳天》；他读《牛虻》的时候，我才开始读《苦斗》。因此在我心目中，他差不多已经成为领先当时文化的标志。但就是他这样的文化先行者，一路走，一路讲，却越走越慢，越讲越难。细小的雪花，在我们的头顶飞舞；人间的悲欢，在我们的心头盘旋。我从远房表哥那里得知，剃头匠表舅即使在乡里有些人缘，也没有能力为矮哥哥物色媳妇。由于他的赌博嗜好，几乎没有正经庄户人家，更别提城里人，会把儿女婚姻大事，托付给像剃头匠表舅那样的人，哪怕是寡妇，甚至二婚。时间一天一天、一个月一个月地过去了，剃头匠表舅一筹莫展，束手无策。令人费解的是，他依然时常揣着卤货，提着酒瓶，从容往返高矮兄弟的家，喝得酒高天低。每逢被问起说媒的进展情况，他总是这样说——

嗨，瞎子磨刀，快啦！

远房表哥告诉我，只有他知道，剃头匠表舅那些不计后果的吹嘘，已经把自己逼到了悬崖边上，随时都有跌落的可能。而即将坠崖者却不知死活，还经常做危险动作，向高矮兄弟传递一些空气般的虚假信息，比如对方年龄多大啦、身材多壮啦、家里排行老几啦，等等。

鬼都不知道他怎么想的，远房表哥说，到底想干什么！

我们不可能知道他想干什么。我说，我想知道他干了什么。

他干了什么？伴随着一种类似牙疼的感觉，我的远房表哥开始向我述说剃头匠表舅干了什么。原来，在越描越黑的被动里，剃头匠表舅让高矮兄弟知道，他们要娶回家的媳妇，大约二十四五岁，模样周正，手脚勤快，是方圆几十里地难得的葱俊女子……我听着听着，插嘴说，哎，那高矮兄弟，不是怪有福气的嘛。

但是，远房表哥的话音里，却流露出丝丝缕缕的苦涩。

在答应高矮兄弟迎娶媳妇不到三天的一个晚上，剃头匠表舅朝自己的媳妇、我和远房表哥共同的表舅妈，扑通一跪，把自己几个月来的苦闷、无奈和无助，统统诉说了一遍，最后无耻地向自己的媳妇提出了解围的办法：让她冒充新嫁娘出阁，嫁给高矮兄弟家的矮哥哥；待新媳妇三天“回门”（赣榆北乡风俗，女子出嫁三天后回娘家）前，他到高矮兄弟家屋后，给个暗号，示意她找机会溜掉。

你溜掉后，我再到高矮兄弟家领你“回门”。剃头匠表舅说，他们交不出人来，肯定失理，咱的难事儿，就算了结啦。

欠他们那四百块钱，这样就不用还了。剃头匠表舅说，因为我媒做成了，人却给他家搞丢了。

你溜回来，咱们还是一家子。剃头匠表舅说，只要不照那兄弟俩的面，一切都能瞒过去。

你呢，反正是过来人，剃头匠表舅说，也没多大磨损。

你帮了我，剃头匠表舅说，磨损了我也不会嫌弃你……

正说着，剃头匠表舅感到左脸颊像被火猛地灼了一下，接着听到“啪”的一声；火辣辣的感觉，开始在脸上散溢开来，脑袋也嗡嗡响个不停。他怔了半天，才意识到自己挨了媳妇一个耳光。

扇了剃头匠表舅一个耳光后，表舅妈捂着脸，呜呜地哭开了。任凭剃头匠表舅怎么劝，表舅妈抱着孩子一直哭，就是不说一句话。到了半夜，表舅妈起身舀了一瓢水，洗了脸，梳了头，看着镜子里眼睛红肿的自己，对剃头匠表舅说，好吧，我也救你一回。

剃头匠表舅激动起来，给媳妇连着磕了三个响头。

表舅妈对着镜子，把头发剪齐了，又说，要做新娘子了，你也给我买件红缎子小棉袄吧。

说完，她又哭了起来。

1973 年那个冬夜，在雪地里，我和远房表哥为表舅妈也流了泪水。那一年，我十三岁，远房表哥十八岁，前脚跟后脚，已经开始对异性有了殷切憧憬，所以无法接受剃头匠表舅的荒唐做法。我们俩一边走，一边怀想那个将要走出我们亲戚关系的女子，那个我始终无缘得见的年轻美丽的表舅妈。她是个什么样的女子？嫁到高矮兄弟家以后，有没有按剃头匠表舅的设计，再回来和他一起过日子？虽然我知道表舅那类似当今“仙人跳”的骗术极为恶劣，但在心理深处，还是希望那女子重新回到我们的亲戚圈里，继续成为我们的亲人，做我和远房表哥的表舅妈。现在回想起来，1973 年的寒假之所以让我难忘，全是因为那个雪夜。

表舅妈穿上了她的新嫁衣，那件红缎子小棉袄。她用手抚摸着，眼睛里噙满泪水。她下嫁剃头匠表舅，也没有提出过嫁衣的要求。她又披上一条红纱巾，坐上了迎新人的手扶拖拉机，在吹吹打打中，被高矮兄弟的亲族欢天喜地迎娶到了新家。那个该遭天谴的剃头匠，也假模假势地做了送亲的眷属。高矮兄弟见新娘子模样出众，眼睛早已不够用了，哪里还顾及送亲的队伍其实只有剃头匠表舅一个人。新郎官矮哥哥，打扮得像个乡村会计，穿着蓝卡基布的新中山装，前胸口袋上还别了一支钢笔。高矮兄弟家鞭炮声震耳欲聋，喜酒从中午一直摆到深夜。

当天夜里，喝得面红耳赤的剃头匠表舅，被安顿在他曾养过伤的厢房。原本是他的媳妇，那时已经是矮哥哥的新娘子，我和远房表哥曾经的表舅妈，被送进了新郎官的洞房。那一夜，剃头匠表舅是如何在厢房里度过的，外人不得而知。也许他每时每刻都万箭穿心，备受折磨，直至彻夜难眠；也许他原本就没心没肺，去掉了心头债务后，正好倒头呼呼大睡，不知东方既白。

第二天早晨，做贼心虚的剃头匠表舅，没和高矮兄弟俩打任何招呼，脚底像抹了油一样，悄悄溜掉了。因为吃奶的孩子还寄托在邻居家，他不能久留，必须早点返回。

第三天上午，剃头匠表舅安顿好了孩子，又早早赶到高矮兄弟的家。到了房后，他定了定神，重新回忆了一下和媳妇约定的暗号。暗号是朝墙连踹三脚，媳妇听见了，会伺机来到墙后和他见面，再乘机溜掉；如果高矮兄弟觉察了什么，追赶出来，他会替媳妇做掩护，帮助她成功逃脱。想清楚了，剃头匠表舅按照约定的方式，用脚使劲踹墙。踹完三脚，他开始左右张望，等待媳妇出来。时间一分一分地过去了。好像没有反应。他不顾暴露的危险，又踹了三脚。又等。依然没有动静。就在他打算第三次踹墙时，耳边响起了高矮兄弟俩含义复杂的声音——

脚不疼吧，大哥？矮哥哥说。

俺家墙结实得很呢。高弟弟说。

剃头匠表舅在一瞬间就明白，第三次踹墙的动作，可以免了。

我来接新娘子“回门”。剃头匠表舅说，来早了点，踹墙暖暖脚。

没容剃头匠表舅再继续编瞎话，高弟弟提起他的衣领，像提麻袋一般拎到了自家的院子里，朝地上一掼。事情到了这个地步，剃头匠表舅就知道，不用再表演了。他脸色蜡黄，像一滩泥，瘫在矮哥哥面前的一只矮方凳上。矮哥哥也没怎么为难剃头匠表舅，直接向他摊了牌，说整桩事情，新娘子当天晚上就跟他们兄弟俩都说了。他们怎么也没想到剃头匠会骗他们，也不打算原谅剃头匠对他们的欺骗。但是当天夜里，他们也没把被剃头匠欺骗的怒气，撒到新娘子身上。矮哥哥作为新郎官，甚至没有进洞房，让新娘子独自在洞房里过了一夜。第二天，在洞房里过夜的，依然只有新娘子一个人。现在，是第三天了。

不就四百块钱嘛。矮哥哥沉着脸对剃头匠说，千难万难，为人处世，不能这样行事啊！

剃头匠表舅的头，始终垂着，缩在腿弯里。他开始是害怕，继而有些镇静，接着便有点踏实了。因为他知道不会像被赌友暴揍一顿那样，再领受高矮兄弟拳头的滋味了。听完矮哥哥末了几句话，他把头抬了起来，喃喃地说，我能不能见见孩子妈，……不，新娘子？

她现在不愿意见你。高弟弟说，没别的事，你就滚吧。

见不到人，我不走。剃头匠表舅知道不会挨揍，头皮又硬起来。

我知道你的意思。矮哥哥面色凝重地说，我们也不想为难你，更不想为难她。

然后，矮哥哥转脸对高弟弟说，请新娘子出来，叫她自己拿主意：是走，还是留。

我不想跟他走。剃头匠表舅听见自己原来媳妇的声音，从洞房里传出来。接着，便看见梳妆一新的新娘子，缓缓来到院子里。这里就是我的家。她低低地、慢慢地说，我有自己的男人，自己的小叔子。

矮哥哥脸上立刻放晴，对剃头匠说，听清楚啦？这是她的想法，不是我们逼的。

剃头匠表舅立刻知道，自己该走了。他艰难地站起来，想看看原来的媳妇。但新娘子别过脸，没把正面给他。他缓缓转过身，嘴里忽然蹦出一个词，叛徒！之后转身想朝院外走，却被矮哥哥叫住了。

你吃了饭再走吧。矮哥哥说，回头把孩子接过来，我们养着。

剃头匠表舅一下子又瘫倒在矮方凳上。他知道赢回媳妇的最后一张牌，也被没收了。他实在没有力气站起来了。

孩子长大了，愿意认你，我们不反对。矮哥哥又说，他要不愿意认你，就跟我们过。

那天上午，高弟弟到剃头匠表舅邻居家接回了孩子。中午，三个男人和抱着孩子的新娘子，在一起吃了一顿午饭。饭桌上没有推杯换盏的喧闹，只有默默扒饭的声息，气氛十分安静。吃完了饭，剃头匠表舅告辞，高矮兄弟一家四口送他到门口。到了门口，高矮兄弟的脚步便止住了。抱着孩子的新娘子，下意识又送了两步。剃头匠表舅感应到了。他回过头来，看见了新娘子忧伤的眼神，同时看见高矮兄弟的目光，像吸盘一样把新娘子牢牢吸住，钉在原地。他感到胸口一阵揪痛，回转头，踉踉跄跄离开了高矮兄弟的家。

太阳冉冉西沉，土路蜿蜒起伏，成了剃头匠表舅后半生的写照。他一个人走在路上，形影相吊，想起前前后后的一切，渐渐泪流满面，终于放声大哭起来。

什么样的伤痛，能够令一个男人旁若无人地泪水横流、失声号啕？我和远房表哥共同的表舅，剃头匠，早年失去父母，四十一岁上有过一个媳妇；时间不长，又变为孤身一人，那样的情形，一直持续到现在。

现在是2015年。四十多年前，十三岁的少年旁听了长辈令人欲说还休的悲欢后不久寒假结束，重新开始了求学生涯，并于六年后的1979年，考入了北京师范大学。从那时起，我一直工作、生活在外地，很少回到赣榆北乡。我编过杂志，做过电视，如今重回高校，成为专业教师。写下远房表舅剃头匠的故事，是因为讲故事的远房表哥新近打来电话，邀我们全家到他家里过年。他年逾花甲，已经从中学校长岗位上退了下来。听着他的电话，我就想起多年以前的剃头匠表舅，问他表舅现在情况怎样了，身体好不好。

不算好，也不算差。远房表哥说，表舅今年虚岁八十四了，老年痴呆，谁都不认识了。

他后来没再找个伴儿吗？我又问。

他上哪儿找伴儿呢。远房表哥说，是他干儿子一家照顾他。

干儿子？我说，好像没听你说起过呢。

远房表哥说，干儿子，就是当年表舅送女子到县城医院生下的孩子。

远房表哥这句话，让我心里生出了久久的温暖。

名厨五爷

五爷大名李树锦。财主四刀子也叫李树锦。在我们蒲汪村，重名的人不少。为了对重名者有区别，在红白喜事往来行文时，柜书（账房先生）都要加上注脚。例如南北“树才”，东西“玉堂”，“喇叭”源新，等等。

五爷重的是财主的名字，这就不一般了。

蒲汪村人起名字，分三六九等。财主、绅士有小名（乳名）、大号、还有字。平民百姓只有小名和大号。有些穷汉虽然起了大名，也没人叫；四五十了，还是“大牛”“二狗”。我们村里还有个习惯，就是起绰号；说没有绰号不发。绰号一般都是贬义的，例如谁一只眼睛有毛病，就叫“半边猪头”；脚有毛病，叫“冒子”；手有毛病，叫“别爪”；还有“宽裆”“壶撑子”之类，叫着寻开心。

五爷绰号叫“五麻子”。其实，他脸上麻了并不多，只有几个，极细小，且白，要不特别注意还真找不着。也不知哪位勘测家硬是用放大镜给探了出来，也就有了绰号。

财主李树锦也有绰号，叫“四刀子”。因为他对穷人的高利贷盘剥，像刀子一样锋利，且排行老四，就得了这个雅号。绰号一起，大名无人叫了，久而久之也就忘了。

五爷大名是在外给人操办喜丧大事的时候，柜书先生给起的。因为出礼要行文，总不能叫“五麻子”，就按李氏家谱的班辈，起名“李树锦”。柜书先生还解释：“锦，好东西啊，预示着前程好。”柜书不知道“四刀子”也叫李树锦，不是有意要重财主的名。

四刀子知道后，就找五爷，叫他改名字。

五爷说：“要改你改，我二亩地被你高利贷涨了去；名字，你的驴打滚涨不去。”

四刀子说：“那好，有你找我改名字的时候。”

五爷要娶媳妇了，日子定在腊月三十。蒲汪村用春节娶亲的不少，既喜庆，也省了置办年货。

这一天，蒲汪村大街上出现了一趟长长的迎亲队伍，锣鼓声声，鞭炮齐鸣，唢呐奏着迎亲曲。街道两旁站满了看热闹的人群，孩子们来回奔跑，抢着落地没炸的哑炮。花轿到了门前落地，有人早把红毡铺好，喜娘搀出轿里的新人。院子里的大火盆点燃了松枝，发出剥剥的爆炸声。天空弥漫着松香味。

“新人上轿来，脚踩莲花开。”有人唱着喜歌，有人答“好”。抱宝瓶壶的小姑娘和捧斗的小伙子被看景的人挤得东倒西歪。拜完天地入洞房，接着就是“撒帐”（在新房喜床上撒糖块和各种炒熟的坚果）。

“一把开心果，撒去四下落。”撒帐的说，“来年莲荔桂，五子俱登科……”

五爷的媳妇，是蒲汪村南门外开坊店王寡妇的闺女，叫小错，是有名的美人。看景的人众说不一。有人说五爷命好，交了桃花运；也有人说鲜花插在了牛粪上……人群中，财主四刀子发出了一声冷嘲笑。

五爷的婚事场面很大，不知底细的人，还以为哪家财主迎亲呢。他办了二十多桌酒席，竟是“米鸡八大碗”。其实五爷是个穷光蛋。他所以能把婚事办成这样，主要因为他是方圆百里的名厨师。他从十二岁就跟随父亲——绰号“阎王鼻子”（我们至今也不知道这个绰号什么意思）——走出家门。十六年的“跟厨”生活，让他学会了一身本事。同样的原料，在他手中炮制出来的，分外可口。他不光能办普通筵席，越是碰上山珍海味、猴头燕窝、上中下八珍，他就越是做得与众不同。他父亲“阎王鼻子”是当年济南制台大人的厨师，一身炉火纯青的手艺倾囊教给了他。当然他也挨了不少揍。“阎王鼻子”一生收了不少徒弟，都因为规矩太严，没满师就被打跑了。五爷不能跑。老师是爹，他无处可跑。名师出高徒，五爷成了名手。

“阎王鼻子”死后，他在烹饪界成了“好佬”。人抬人高，才二十多岁，就混成了“爷”子号。先是同行中叫，后来左邻右舍也叫，久而久之，大名“李树锦”被“五爷”取代了。当然，叫他“五爷”的人不一定都是孙子辈。五爷手艺好，人缘好，但有个怪脾气，不论哪家财主富户请他办事，如果得罪了他，他就出事主的洋相。明明二百桌的“料子”（食材），他五十桌就给搅完了，菜还不厚。一些出钱出份子喝酒的人，骂事主“小扣油”。如果平民百姓或穷苦人找他办事，他只开八十桌的料子，办成一百桌，菜还不薄。他要是来了性子，能把草筛子扔到油锅里炸。如果你找他理论，在宾客盈门时，他能收拾刀具不干了，把事情给你晾起来。

五爷手艺好，价码高，得来好处大家都有份，连吹喇叭的都跟着沾光。在同行眼里，他是一杆旗。穷人、平民百姓欢迎他，同行捧他；在财主眼里，他是一棵钉子。所以五爷摆喜宴，五行八作，不论吹的、端的、抬的、熬的，都不要辛苦钱，还每人凑了份子，帮他办事。是踩百门的同行，给五爷壮了脸。

出了正月，天气渐渐暖和了。五爷收拾了刀具，准备出门帮人办事。新娘子在院里推磨磨糊糊准备烙煎饼。当地磨大，一般都用驴推。小错才过门，不好意思外出借驴，就抱着磨棍推。几十圈推下来，浑身冒汗，她就脱去身上棉袄，搭在堂屋毂门子上。

五爷一眼瞥见新娘子，怕她冻着，就过去拎了棉袄，想给披上。棉袄带着新娘子的体温，虽然没有什么香粉之类，他却忍不住凑到鼻子上闻了又闻，看了又看。这一看，看出事来了。他觉得棉袄有些面熟，好像在哪儿见过，忽然想起来——这不是他姐姐出嫁时的棉袄么？红洋布面，花格里子；由于里子布不够，胳肢窝还插了块蓝布条。五爷的脸渐渐冷下来，问新娘子："小错，这袄是你自己做的吗？"

"不——是。"新娘子随便一答。

"那是哪儿来的？"

"人家送的。"

"谁送的？"

新娘子被一句句追问逼急了："怎么，你审贼啊？"

"是审贼，"五爷说，"这袄是我姐姐的，维持会抢袄时，打死了我姐夫，就不知道这个贼是谁。"

新娘子感到问题严重了，就分辩起来："我家谁当贼？"

"你家没有贼，"五爷说，"亲戚朋友就没有吗？"

新娘子为难了。说谁送的呢？她知道五爷的性格，说谁他就会去找谁，不冤枉人嘛。她一时答不上来。

五爷伸手夺过媳妇推磨的棍子，点着新娘的脑门："说！"

新娘子脑门火辣辣的疼，吓得直往后退："是……四刀子送的。"

"好啊，你们娘俩跟四刀子有往来！"五爷听说四刀子，比听见贼的名字还要恼火，又进一步追下去，"除了给棉袄，还给了什么？"

"没有，"新娘子真的不知道还该说什么了，"真的没有。"

五爷从心底里泛起一股酸。他想，四刀子的东西，都不干净。他又一次举起了棍子。新娘子没处躲了，就说："是俺过门时，四刀子送的填箱（贺礼）。俺娘接的，去问俺娘吧。"

五爷不去出门办事了。他要弄清这件事，不然心里不踏实。

俗话说，寡妇门前是非多。王寡妇年轻时，是个美人，不到四十岁守了寡。她涩地不走，滑地不站，行得端，坐得正，一些长舌头，或者想心事又碰了钉了的人，总是吹去浮土找裂缝，朝人头上泼脏水，何况王寡妇还有个天仙般的闺女。但由于她处事小心，在蒲汪村南门外，名声一直很好。

这天一更天后，五爷到了南门外找到王家坊店。店早就关了门。王寡妇带着八岁的儿子金珠，早早烧了点豆饼稀饭，吃罢睡了。五爷重重敲门。里面问"谁"，五爷粗声大气地答了话，硬闯了进去。

"哦，恁（鲁南话，可理解为"他"或"你"）姐夫。"王寡妇起身点上小油灯，让五爷坐。五爷没坐，把红袄甩到岳母跟前，一言不发。一见棉袄，王寡妇吓了一跳："恁姐夫，您这是？……"

"你问我，我还问你呐！"五爷问，"这袄是哪里来的？"

闺女怎么说的，王寡妇一点不知道。如果胡编，弄成两岔更不好办。王寡妇决定如实说，并且讲明是买的："恁姐夫，袄是四刀子的。他拿来送填箱的礼，我不收。他说是一块银元在街上买的，放在家里也用不上。我最后给了一块钱，算买他的。"

“他为什么上你家填箱？”五爷不放心，又追问下去。

“四刀子为人我清楚。”王寡妇说，“恁丈母娘不糊涂。好在闺女嫁了你这样个汉子，我也放心了。”

“为什么买个旧袄？”五爷说，“那袄是我姐姐的，被维持会抢去的；抢袄时，我姐夫被打死了。”

王寡妇这才知道，袄里串着这么大的事。她哭了起来：“恁姐夫，我给丫头准备了嫁妆的。可中央军一跑，我准备的钱成了废纸——两年前能买不错一套家具，现在连个扎腿带也买不着了。我是被穷给逼的，没有办法啊。我的为人，你清楚；闺女怎样，你比我更清楚。”

五爷对女人毫无经验，见问不出什么也就想走；临走又甩了一句话：“恁闺女什么都说了。”

这句话等于一声炸雷。王寡妇的脸色像宣判了死刑的待决犯。因为四刀子送了棉袄后，没拿她买袄的一块钱；嫁闺女缺钱，王寡妇也就没追着四刀子硬给。

五爷并没注意到岳母当时的脸色，天黑得很，他深一脚浅一脚地回了家。

第二天一大早，金珠抱着姐姐的红棉袄跑到五爷家，连哭带喊：“姐姐，娘上吊了！”

五爷吓了一跳，随即心里像刀扎一样。他觉得岳母是他逼死的，媳妇是无辜的。他铁青着脸，和媳妇一起跑到了南门外。王家坊店围了一些人。岳母被放下来，人都凉了。媳妇呼天抢地，哭得死去活来。五爷披麻戴孝，安葬了岳母，把小金珠带回家一起生活。王家坊店就这样消失了。

其间传出一种舆论，说王寡妇因为无法交代“四刀子”的事丢死的。也有些好事之徒去问四刀子，是否真的弄（鲁南话，诱奸）了小错？他笑而不答；很多人也就信以为真了。

自岳母死后，五爷再也没问媳妇红棉袄的事，终日闷闷不乐，饭量减少，酒量增加。

“四刀子明明知道小错是我媳妇，偏要节外生枝，是有意跟我过不去，朝我眼里楔钉子，想拿绿帽子压我，叫我家破人亡。”五爷咬牙切齿地想，“那好，狗日的，早晚我要劈了你。活要像个人，死也要像条汉子。”想到这里，心里反而平静下来，再也不出门办事了，天天拴上门在家里喝闷酒。

这一天，五爷正喝着酒，外面有人敲门——是本家的一位二爷。二爷是在晚清考棚里啃过烧饼的，现在家里攒了几个小孩子，在哄哄“学而时习之”。他左手拎着两条大鲈鱼，右手拎着酒嘟噜，进门就说：“老五，我两弄了两条好鱼，借你的手艺烧烧；这东西，弄不好会腥。”

五爷家里佐料齐全，烧好了鱼，两人又端起了酒盅。

“老五啊，还在和弟妹生气？不应该啊。她娘是天字第一号的好女人，这孩子也是百里挑一啊。论相貌、人品、活路，全村都数得着，不要不知足啊。”本家二爷说，“不要和那些坏种滞气。这年头，有钱王八坐上席，无钱君子把头低。我是十年寒窗，满腹经纶，为口糊涂（粥）折腰。那些有钱的王八蛋，什么缺德干什么，找谁讲理？这个世道不会太长久。”

开导了半晌，五爷只是埋头喝酒。本家的二爷走后，五爷找出大斩刀，是厨师红案上砍肉用的。他两腿夹着块磨刀石，弓着腰，一推一收，发出嚯嚯声。脸上出了汗，他拿大手拭一下，又磨。石头上荡起一层灰色泥浆，他拿水一冲，将刀迎着太阳一晃，刀面上打了个闪。他用布包好，夹在胳肢窝里，迈步想走。小错跑出来，抱住他的双腿，跪在他面前。

“千万不能胡来啊，人家汗毛都比咱腰粗……”小错说，“要杀杀我吧。”

五爷抬腿一脚，把小错踢翻在地，出门去了。小错爬起来追出去，五爷早没了影。她一眼看见那件红棉袄，伸手捞过来，脚踏着袖子拽了下来；撕掉袖子仍不解恨，在柳条筐里找出剪刀，把棉袄剪得乱七八糟，丢在墙根。小错心想，就是冻死，也不再看它一眼了。

四刀子听说王寡妇吊死了，心里有些失落感。他本来想在棉袄上做做文章，多跑跑南门外，去威胁王寡妇把闺女叫来，时常占些便宜；现在死了，这个便道不好走了。他知道五爷不买他的账，可仍不死心。他想，世界上的事就是怪，五麻子是个穷光蛋，可娶了花一样的老婆；而他家大业大，识文断字，偏偏弄了个大板牙黄脸婆。黄脸婆他又不敢得罪，是山东保安第九旅旅长梁中亭的远房亲戚，给了他不少枪。四刀子心里不平。但王寡妇死了，四刀子想使五爷的坏，一时还想不出新主意。

五爷去找四刀子，是想一命换一命。但四刀子家两丈多高的青砖大墙，有哨门、岗楼，天一黑就上岗。四刀子不出门，宅子五爷又进不去，他只好天天去转悠。

别人转悠不引人注目，五爷就不同了。他是岗楼上注意的重点人物。

“天天转，想扒沟子？”岗楼上说损话的人，是四刀子的侄子，绰号“宽裆”。“不要转了，想吃黑枣说话！”

既然有人答话，就来明的。五爷叫道：“叫四刀子出来！”

“你那新媳妇，不是穿上我们东家的贴身红棉袄了么？”宽裆说，“你又来要帽子？绿色的？”

五爷憋了一肚子窝囊气，破口大骂：“我操你祖宗十八代！……”

岗楼上一拉枪栓：“再骂我铳了你！……”

跟宽裆对骂自然不值得，五爷恨恨地回家了。

过了几天，四刀子却找上门来了。他带着八九个门勇，腰间都插着盒子炮，一脚踢开五爷家的大门，大喊：“五麻子，出来！”称呼算是一撸到底了，这在蒲汪村，还是第一次。

五爷披着蓝布大袄，胳肢窝里夹着斩刀出来了。一看四刀子手插在大皮袄里，阴冷着脸，一副不屑的神态，就知道他手里握着枪。

四刀子开口了：“老五，找我有什么事？我送上门了。”一眼瞧见被铰碎的红棉袄，四刀子又撇了撇嘴，“没出息，跟袄过不去。明人不做暗事，袄是我送的。小错没大错，跟李树棉结婚，当然要穿李树棉送的棉袄了。除非你把名字改了！”

“你……”五爷说不过四刀子，气得直翻白眼，“我……”

“你，是敬酒不吃吃罚酒！”四刀子说，“不改名字，这顶绿帽子，你就戴着吧！”

“我剁了你个狗日的！”五爷不想多说，挥刀直奔四刀子砍去。四刀子朝后退了两步，掏出手枪。五爷近身不了，甩刀出手，直奔四刀子面门。可惜五爷不会功夫，刀出手不是刃朝前，而是平扳出去，被门勇用短枪一隔，掉在地上。四刀子手枪一捋上膛，对着五爷胸口。五爷甩掉大袄，哧啦一声撕开小褂，拍着胸膛说：“朝这打；不打不是你爹甩的种！来呀！……”

不管五爷如何激，光天化日之下，开枪打死人，四刀子还缺胆量。院子里来了一些人，五爷本家的二爷也在，劝着架；有的在小声嘀咕：“欺人太甚，大白天拿枪上门，敢杀人？有钱怎么着，能打个银筒闷死人家？……”

四刀子由于放高利贷“刀”太快，被他“剥”的人不在少数；再加有钱有势，欺男霸女，人们早就忿忿不平。四刀子端着手枪不敢对人开，干（尴尬）在那里，只好对天开了两枪；是示威呢还是想找台阶下，自己也弄不清楚。枪声一响，小错披头散发，一头撞向四刀子：“你这个黑心贼，想杀我男人，我跟你拼了！”

四刀子连连后退。他并不想拿小错怎么样，便命令门勇把五爷捆了，要带走。

就在这时，天空中响起了轰鸣声。双翼上涂着日本膏药旗的飞机来了，飞得很底，发出刺耳的怪啸，并且丢下一颗炸弹。炸弹掉进蒲汪村前的大汪里，炸起的水柱，有两三丈高。人们惊呼着四下里逃开。四刀子也不管被捆的五爷了，带人一溜烟跑了。

当天晚上，在本家二爷劝说下，五爷两口子带着金珠，从蒲汪村消失了。

不久，外边传说，五爷在铁路南参加了八路；说新娘子也剪了二道毛子，穿了灰军装。四刀子听了，脸拉得很长。

不久又听说，五爷大马金刀，扎着武装带，身后还跟着一些护兵，说是快要找四刀子算账来了；说，五爷逮着四刀子，“四两一块算大的”，意思是要零刀割了他。四刀子听了，把棉袄裹得很紧。

几年下来，四刀子大门也不敢出，渐渐瘦成了阴沟里的老鼠。

日本鬼子投降不久，山东保安第九旅也被八路军打垮。四刀子的远房亲戚——旅长梁中亭也被抓起来，枪毙了。四刀子收拾了细软，在一个月黑风高的夜里，逃出了蒲汪村；但不久，就被民兵从陇海铁路线上带了回来。

蒲汪村召开斗争地主大会的时候，八路军也派代表参加了。会场上人山人海。主席台用木棍、门板搭起，四周用帆布和秫秸围了起来，当中一张八仙桌，几条长凳；两边是抽屉桌，做记录席。墙上、树上、门板上都是红绿标语：“打倒恶霸地主四刀子！”“打倒吸血鬼！”但标语没有写“打倒李树锦”的。五爷本家的二爷说，一者，和五爷重名；二者，“四刀子”名字准确，知道的人也多。

诉苦的人，一个接着一个，咬牙切齿，要打要杀，都被劝开了。四刀子低头想着自己的心事。他知道，财产保不住了，欠的人命也不少。一些人诉苦虽然也牵扯女人，但那些被他糟蹋的女人，早就出嫁了，他倒不害怕；他最怕的是五爷。他又想，战事那么多，五爷会不会早就被打死了呢？苍天有眼，好歹让他也吃颗子弹吧。正这么想着，有人小声嘀咕着：“五爷来了！”

四刀子心里一凉，用眼角偷偷瞄过去，一下子还真瞧见了五爷：一身黄布军装，挎着盒子炮。让他格外心惊的是，五爷胳肢窝里还别着一把菜刀。四刀子又朝记录席上看，看见了穿军装的小错，脸也铁青着，心里说，完了。接着，就觉着腿间凉凉的，有东西流下来。

五爷来到四刀子面前，站定了。四刀子双膝一软跪下去，小声说：“五弟，四哥不是人。李树锦的名字，你用吧；四哥改名，叫畜牲……千万给四哥留条狗命……”

五爷看着萎缩成一团、瘫倒在地上的四刀子，把菜刀往八仙桌上一剁。刀子直立在桌子上，发出嗡嗡的响声。“我本来可以用这把刀劈了你，”五爷顿了顿，说，“……开会！”

我们看见，听了五爷的话，小错便开始低头做记录了。

五爷实有其人，按辈份，是我的叔叔；蒲汪村实有其村，在山东省临沂市郯城县高峰头镇南首，307 国道西边。那年斗争大会开过以后，五爷带来的八路，就把四刀子押走了。那以后，我们再没见过五爷。后来有人说，抗美援朝时，五爷在朝鲜牺牲了；也有人说他升了大官，调到很远的南方去了。总之他没有再回蒲汪村。

从此，鲁南一带，少了一个名厨师。

民国财主

民国初年，有个财主，田产甚丰。他家的打麦场前面，有片莲湖，叫白莲池，无论旱涝，水永远是不多不少。但令人疑惧的是，几乎每年雨季都有儿童溺水。这年夏天，又有孩子溺亡。财主因屡见做爹娘的哭绝在地，心里不忍，发誓把水车干，平了白莲池。湖水越车越少，即将见底了，据说湖心忽然生出一团青雾，其状如云，冲天而上，盘旋飞升，渐渐消失不见。人们愣了半天神，纷纷说，坏了坏了，动了龙气了。

但是，白莲池的光景，并没变得更坏；当然，兵荒马乱的世道，也没变得更好。

转眼间，又到了麦收时节。某个天晴气朗的日子，长工们在打麦场上为财主碾晒麦子、脱粒扬场。这时候，来了个披褡裢的和尚，向打麦场上忙活的人讨水喝。喝水的时候，和尚说，收工吧，要下雨了。大家朝天上一看，万里无云，哪来的雨？大白天说梦话嘛。和尚在人们的嘲笑声中，很没面子地走了。后来有个年长的长工说，出家人不打诳语；宁可信其有不可信其无啊，收吧。大家将信将疑，开始收工。刚收囤好麦子和麦穰，倾盆大雨从天而降。人们边躲雨边感叹，好险啊！

有人将这件奇事报告了财主。财主说，佛通神，道通仙；这和尚能解天机。再见到他，替我请到家里来。

不久，有心人在邻村发现了和尚，替财主发出了邀请。

和尚依旧披着褡裢，一步三摇，来到财主家。走进正堂，见了财主，和尚蓦然一惊，随即倒退三步，躬身下拜，口称“吾皇万岁、万岁、万万岁”！财主吃了一惊，慌忙扶起和尚，说大师快请起身，我们小户人家，怎么纳得起帝王之尊？

和尚说，施主如果不信，请置一缸清水，自己瞧吧！

财主半信半疑，命人搬来一口龙凤大缸，当院摆好，挑来清水灌满。待水平静了，和尚躬身说，施主请看。

财主近前俯身探头一望，不得了，水缸里的倒影，分明显现了自己头戴旒冕、身披皇袍的影像。他吓得后退几步，定了定神，向和尚深施一礼，说，大师，我明明是平民百姓，缸里怎么会显出帝王影像？

这不是我要寻思的事情，和尚捋着褡裢说，这是你要寻思的事情。

但是财主寻思了半天，也不得要领。和尚只好指点迷津，说财主命是帝王命，但也需自己打拼，才会有帝王的荣华、龙尊的富贵；如果不努力，必然误了造化。

财主听了，也觉有理，但对如何才能成为一国之主，依然一头雾水。和尚旁征博引，拿刘备、朱元璋说事，进一步提点道，要起势得先竖旗，旌旗招则兵马来，进而可望收服海内，立朝开国。

财主一听，叹了口气，说他既没队伍又没枪，只有几十个长工；光是几个山头，已经让自己吃尽苦头；说什么“收服”，谈什么“开国”。

和尚哈哈一笑说，施主，不是要你去打各山头，而是要各山头去为你打天下；并表示，如果财主信得过他，他可以借游方之便，问问四路英雄、八方豪杰，是否愿意拥戴财主搏取九州、一统中原。

这确实是件好事情。财主终于被和尚说得豪情万丈，认为有通神方丈鼎力支持，有各大山头戮力相助，值得一搏，也就同意和尚代为游说。和尚欣然受命，却并不动身，把褡裢脱了，露出肚皮，说要在财主家小住几日，思谋方略。财主虽然心里跃跃欲试，但面上并不着急，把和尚的衣食住行安顿得十分排场。那些日子，和尚似乎不惧破戒，对财主宴席上安排的上下八珍，照单全收，还安慰财主说，酒肉穿肠过，佛心肚中留。如此这般，过了七七四十九日，和尚终于告诉财主，他已经想好了如何运筹，万事俱备了。

那还欠东风？财主问，东风是什么？

和尚把两眼眯成细缝，用右手拇指和食指做成一个圈，捻了捻。

财主立即明白了和尚的意思，说，东风就是有钱能使鬼推磨。

错！有钱能使鬼推磨，不是东风。和尚纠正道，有钱能使磨推鬼，才是东风。

他随即解释说，怀里揣足经费，游说才见力道。财主慨然同意，当即拨发了几箱光洋。

据说和尚并非完全在糊弄财主。那之后，他奔走于各路草莽、山匪海霸之间，竟然说服了不少有实力的竞相为财主效力。

财主有了自己的武装，又有和尚做高参，开始举旗亮幡，囤粮筑城，招兵买马，把白莲池俨然建成了独立王国，一时名闻遐迩，声震四方。坊间分析，为什么那些乱世英雄肯听一个地方财主使唤？原因还在“乱世”二字：乱世英雄起四方，大多师出无名，你争我抢，互相不服；一旦有呈帝王之相的人慷慨邀约，纷纷自以为有了归属。月黑风高夜，杀人越货时，歹人也仿佛得了王道、衔了天命一般，以为在替天行道，凶神恶煞得很。

这样的乱象，毕竟令民国不安，国民政府自然不会放任不管。于是，真正替天行道、剿灭匪患的队伍，朝财主的土圩子开来了。殊不料，竟然出师不利，国民政府的官兵被财主武装打得一败再败，大败溃输。

一个土财主的圩子，为什么屡攻不下？据败阵的士兵说，城非不高，池非不深，这些倒也并不可怕；可怕的是，攻上城头，眼里看不见一个兵丁，只见遍地青瓦。他们爬下城墙，走进街面，不知为什么犹如踏入了鬼门关，很快便哭爹喊娘，血肉横飞，身首异处；街道上，依然是一片青瓦，阒无人迹。就是说，财主的兵马，似乎成了隐形人，人影没见着一个，攻守胜负已判。这样的战报，越传越神，令国民政府头痛不已。

久攻财主土圩子而不下的战报，触动了民国智囊的神经。有些高参祭出损招，建议用死囚组成敢死队：战败而亡，他们本就该死；战胜了，攻克了土圩子，拿下了白莲池，并能活下来，算他们的造化。如果死囚们命不该死，且戴罪立功，可以论功行赏。因为国民政府不伤嫡系有生力量，借力除掉了心头之患。

这时候，该着土财主的克星，故事的另一个重要人物，王德胜，出场了。这王德胜，我故乡赣榆人氏，道光年间有先人举进士第，家系显赫，坊间口碑不错。王德胜原本凭膂力从戎，却不慎以武犯禁，成了民国死囚。幸与不幸呢，他被问到想不想加入攻打白莲池的敢死队。

敢。王德胜闷声对面试官道，困兽犹斗，况死囚乎。

他被招募进了敢死队。那些本来想拿他当炮灰或者试验品的民国智囊，事后对王德胜表态时的拽文，掩鼻而笑。他们哪里知道，在王德胜看来，那些眼神捉摸不定的面试官，不啻为扭转他命运乾坤的贵人，因为至少给了他临死一搏的机会呢。

王德胜不只是膂力过人，也有些智谋。他先向侥幸活着回来的士兵了解情况，继而率领敢死队员签了生死状，并做好了真正的“敢死”准备。至于怎么准备的，除了攻城的敢死队员知道，没人探得一点风声，因此谁都不知道他葫芦里卖的什么药。

战斗在大白天打响了。大炮响过之后，云梯架了起来；但是，很快被守城兵丁接二连三掀翻。王德胜出场了。只见他身背长枪，在敢死队里一马当先，往城墙上攀登。那城墙光溜溜的，十分难爬。因为上面淋下了很多猪油。但王德胜似乎未受影响，像一只长腿蜘蛛或青蛙一般，几个大跳，就上了城堞。原来他和敢死队员的手脚，事先都绑了铁抓钩。攀上城堞，王德胜探头朝下一看，据说情况和了解到的大同小异：眼前确实没见一个兵丁，只有片片青瓦；但那些青瓦三五成堆，好像还在蠕动。那一瞬间，王德胜什么都明白了，随即团身跳进青瓦堆中，抽出背上的长枪对着瓦片猛击。果然不出所料，财主的兵丁们纷纷露出脑袋，把他围在核心。眼看自己就要被乱刀剁成肉酱，王德胜忽然拉开衣襟，露出道士画的镇邪的符子；接着撕开符子，露出身上捆着的炸药。现场的情形可想而知。财主的兵丁们立刻明白过来，再不跑，腿就没了，呼啦一声，作鸟兽散。王德胜大喊一声，弟兄们，下来打瓦啊！攀上城堞的敢死队犹如神兵天降，痛击瓦片，那些兵丁们的脑袋，纷纷原形毕露。原来所谓隐形人，不过是头上顶戴了瓦片而已。

白莲池，一个土财主的独立王国，就这样被破了。战事的结局是，土财主被生擒。因为太多官兵死于攻城，财主被民国砍了头。据说临死前，他反复念叨这样的话——

动了龙气，跪在地上的财主嘟嘟囔囔地说，莫动龙气……

龙气？行刑的嘲笑道，你算哪门子龙气？老子还动不了你了？

随即，现场观刑的听见“咔嚓”一声，财主沉迷九五至尊的美梦，就此了断。

白莲池城破后，和尚土遁而逝，其实就是钻了地道逃跑了。据说几年之后，有人在外乡还见过他，已经还俗，正蹲在墙根下啃一只酱猪蹄儿。至于那些山匪海霸，城破后，有些投诚做了国民革命军，几年后大多战死；有些当初过度扰民、罪不可赦的，随即被就地正了法。

王德胜大破白莲池的故事，实有其事。他成了民国英雄。国民政府不仅对其将功折过，死罪赦免，而且授奖晋阶。在我的故乡江苏省连云港市赣榆县，他做过政府参议；共和国建国后不久离休，文革前离世，享年九十多岁。后人分析他当年的破阵方法，认为有两点甚为关键：一是他知道和尚出任了财主高参，因此要胜佛法，必祭道教（从当时情况来看，他身上画的符子确实起了点震慑的作用）；二是他能够以死求生，在身上捆绑了炸药，胆大的吓跑了胆小的。

我小时候见过王德胜，曾听他讲过攻城往事，知道兵不易当。因为有些细节，和传闻中的出入很大。他告诉我，当年从城堞上跳下落地的时候，他裤裆都迸裂了；拉开怀露出炸药后，害怕那些兵丁不退，自己屎尿都失了禁，顺着大腿直接流到了地上。

我能怎么办呢，小子？他压低声音对我说，那时候怕死，就是真不想活啦。

三个深夜喝酒的人

黑脸人开着一家小吃店，可是这天晚上一个客人也没有。天是秋天，因为有几只蚂蚱和蝼蛄在店前的路灯下飞起来，又摔下去。它们又飞起来，又摔下去。黑脸人看着这些蚂蚱和蝼蛄。从他的黑脸上可以看出来，他对这些小东西并没有兴趣。但是他依然看着。

黑脸人的小店，经营卤煮火烧，延吉冷面，也炒小菜。行人像流水经过门前，又流过去了。偶尔也溅上几朵水花，这便是黑脸人的生意。

夜深的时候，来了一个人。这个人背着一把吉他。黑脸人睃了睃来人和他的吉他，问，吃点什么？

背吉他的人摇摇头。

坐吧，黑脸人说，抽支烟？

来人又摇头，但看看店面招牌，就坐了。迎接他屁股的是路灯下圆桌旁的一只小兀凳。像这样的小兀凳，圆桌周围一共有四只。他将屁股安顿下来，调整了一下视角，以便可以看河对岸影影绰绰的树林。这人将吉他斜垂下来，用指头拨了一个和弦。

黑脸人不紧不慢地在小圆桌上摆了一盘小葱拌豆腐，又摆了两只酒盅，拎上半瓶洋沟酒。这种烈性酒价格低廉，产自中国东部一个小镇。

想弹，你就弹吧。黑脸人说。

灯影里，来人看上去眉清目秀，像个少年。一副秀琅架眼镜骑在他鼻梁上。他的眼睛在鼻梁后面眯成细缝，说，你这个小吃店，名字很特别——秀才小吃店。

也就是讨一个口彩吧。黑脸人呷了一口酒，说，大学本科生，该算个秀才了吧。

有本科文凭，带吉他的人问，怎么开起了小吃店？

弹你的吉他吧，黑脸人说，拣你拿手的。

我想喝杯酒，可是我没有钱。带吉他的人说，我觉得有点胃寒。

黑脸人斟了一盅，递过去。胃寒，喝点酒会有好处，他说。带吉他的人接了，先抿了一点，品品，然后皱着眉头一饮而尽。

好多了。来人表示。我是第一次喝这种牌子的酒，他说，我弹唱一首歌，算付你的酒钱。

弹你的吧，黑脸人说，拣你拿手的。

来人又拨了一个和弦，弹唱起来。

这位先生来自泸港小镇
请问是否看见我的爹娘
我家就住在马祖庙后面
卖香火的那家小杂货店

弹唱到这里，戴秀琅架眼镜的人停了下来。因为桌边又来了一个人。现在桌边的人加起来，一共是三个人。这第三个人生着络腮胡子。他往桌边一站，不知为什么弹吉他的人觉得再也弹不下去了。水泥地上，蚂蚱和蝼蛄们，飞起来，又纷纷摔下去。细小的噼啪声，令人想到它们身体很好，很结实。

吃点什么？黑脸人问第二个来人。

灯光下，络腮胡子脸上有阴影，使人看不出他的表情。他没有说话。

坐吧，黑脸人说，抽支烟？

络腮胡子摆了摆手。

黑脸人说，抽烟有好处，虱子不叮蚊子不咬。

好处是不少，络腮胡子嗓音沙哑地开了口。可是我没这坏毛病。正说着话，此人的手却像蟾蜍的舌头，突然弹出去，捉住一只想从眼前掠过的蚂蚱。他看了看，塞进嘴里，顺手抄起一盅酒倒进去，嚼了嚼，咽了。

飞虾的味道，历来是不错的。他喉咙蠕动着说，嘴角还挂着一条蚂蚱腿。他也在一只小兀凳上落了座，看看弹吉他的人，他又说，接着弹，弹吧。

弹吉他的人扶扶眼镜，注视着络腮胡子的嘴角、喉头，又看了看地上飞起来又摔下去的蚂蚱。他闭了一下眼睛，接着弹唱起来。

> 这位先生来自泸港小镇
> 请问你是否看见我爱人
> 想当年我离开家时她正十八
> 有一颗善良的心和一头长发

女人的事情，你不能太酸。黑脸人吱地吞下一盅酒，问，你们俩，识文解字吧？

络腮胡子笑着摇了摇头，说，我不识字。又问弹吉他的人，你呢？弹吉他的人说，我也不识字。

看你们脸上，都透着书卷气。黑脸人狡黠地说，玩真的，你们准不敢。

你弹你的，络腮胡子对弹吉他的人说，我爱听。

弹吉他的人皱皱眉头，又开始了弹唱。

> 在梦里我又回到泸港小镇
> 马祖庙的烧香人依然虔诚
> 岁月掩不住爹娘纯朴笑容
> 梦中的姑娘依然长发迎空

由于没人插话，他的弹唱继续下去了。

台北不是我想象的黄金天堂
都市里没有我当初的梦想
漂泊的人啊 请听我唱首歌
我的歌里有风雨声 有泸港的清晨

啪、啪、啪，络腮胡子拍了三下巴掌。然后他说，你唱得动情，弹得也不难听。

我在大学是全校吉他弹唱亚军。戴秀琅架眼镜的人有些不好意思地说，这歌写的也像我。

你上的什么系？络腮胡子问弹吉他的。

中文。被问的人说。

你呢秀才？

也是中文。黑脸人回答。他的声音听起来有些被动和不情愿。

啪、啪、啪，络腮胡子又拍了几下巴掌。他鼓出的掌声渐渐地有些可恶。

幸会。他说，我学的系科，也跟中文有亲戚关系。

这么说，我没看走眼，你们俩真是文人。黑脸人说罢，转身走进店里，出来时手里又多了一瓶酒和一只酒盅。

现在小圆桌周围坐的是两个学中文的，一个跟中文沾亲带故的。菜还是那盘小葱拌豆腐。另外，就的灯影里活蹦乱跳的蚂蚱和蝼蛄了。不过这些活跃的小东西，并不是人人都可以享受到的。你得有那番身手。

你们喝着我的酒，黑脸人说，我不要你们的钱。因为你们都是文人。

你是个好掌柜的。刚才弹吉他的人说，你不像别的那些人。他们从东面和西面向我要钱。他们从南面和北面向我要钱。可是我没有钱。就是有也不给。就是给也不多。就是多也没用。因为钱是假的。因为我没有钱。

你的记性很棒，这是世界上最好的诗。络腮胡子说，写诗的是我朋友，可惜他已经死了。

啊，他该得诺贝尔文学奖。黑脸人说，喝点酒吧，为你的朋友。

酒也不见得是什么好东西。络腮胡子嗓音更加沙哑。我的朋友，很可能就死在酒后发作上。他一边说，一边将曾经致朋友于死地的东西，又喝下去一盅，然后，用力一捏。酒盅在他手里，立刻碎成齑粉。

黑脸人默默注视着捏碎酒盅的人。

戴秀琅架的人看得有些呆怔。他夸赞络腮胡子好功夫，问道，你从哪里来？

络腮胡子说了一个大地方的名字。然后问，你们怎么，从我的口音里还听不出来？

听不出来。店主人的脸，已经彻底黑透。他说，现在满世界都是南腔北调的人，谁知道是哪座山里蹦出的猴子。

你这么说，络腮胡子说，说得也是，我是属猴的；老家的山，早给搬去填海了。

黑脸人品着络腮胡子的话，烟头烧痛了他的手指。他起身为络腮胡子又找来一只酒盅，咧了咧嘴说，属猴，那咱俩同岁，四十了。都说这是个不惑的年龄，可有些事情，你就是闹不明白。

闹不明白好。络腮胡子说，糊涂难得呀。

我有点烦你们了，戴秀琅架眼镜的人说，看你们俩跟知音似的。

黑脸人一笑，对戴秀琅架眼镜的人说，你把吉他放下，说段恋爱史吧。说这个喝酒，有劲。

戴秀琅架眼镜的人把吉他放下了。他说了一段恋爱史。原来，这是个骑虎难下的人。

女人是老虎，络腮胡子说，这话有点意思。他的话音里，有种牙痛的感觉，嘶嘶的。

你这话让人听了，戴秀琅架眼镜的人说，好像你受过伤，经验多丰富似的。他呷了一口酒，开始咳嗽起来。他一咳嗽，听着就像有人不断地扔空罐头盒。

我经验不丰富？络腮胡子往面前的两个人眼前猛一凑。看看我脸上这道疤，还不算伤？能没经验？

这时候有风吹过。尘土、纸屑和树叶们开始活动了。

看样子你是个人种。黑脸人说，可是，对女人，我更内行。

跟你们说吧，我结过三次婚。他喝了一盅酒，下巴颏仰着，迟迟不肯放下来，说，男人不娶三次妻，到老不如小公鸡。说起女人，你们懂什么。

络腮胡子也喝下一盅，问黑脸人，你现在的太太，跟你可好？

又离了。黑脸人喑哑地说。他将下巴颏放下来，用劲抽了一口烟。

这说明，女人，你并没真懂。络腮胡子说。

哪一任夫人最棒？戴秀琅架眼镜的人意犹未尽，问黑脸人。

黑脸人抽了一口烟说，唉，天下乌鸦一般黑啊。

络腮胡子忽然爆发出一阵大笑。

你笑什么？黑脸人说，听你的笑声，你倒像个专家了。你是干什么的？

我干什么，这无关紧要。络腮胡子收住笑声说，重要的是，女人跟女人，都是不一样的，风味，情调，感觉……

你就说说你的女人是个啥风味吧，黑脸人截断络腮胡子的话，说，好给咱下酒。

你喝多了。络腮胡子说，关天女人，我只能说，她们不是下酒物。

黑脸人听了这话，将半瓶白酒竖起来，倒进早已做成漏斗状的嘴里。只两三秒，他便把空酒瓶朝身后一扔，抹了抹嘴，说，你以为你在跟谁说话？嗯？

络腮胡子见黑脸人眼睛直直地盯着他，想了想，说，拿酒来吧。

黑脸人摇摇晃晃走进自己的小吃店，眨眼便拎出两瓶白酒。这种洋沟酒遍布大大小小的烟酒店和小吃铺，黑脸人店里的墙角，起码堆了有上百瓶。烈性白酒，在这座城市很受欢迎。

你们想干什么？戴秀琅架眼镜的人厉声劝道，别斗狠了，谁也不要目中无人！黑脸人听了，又歪歪扭扭走进店铺，拎出了第三瓶。此刻，已经喝掉的和将要喝掉的，一共是三瓶半。

甭废话了。黑脸人说。他掂起一瓶，启开，对着嘴咕咚咕咚倒了进去。而后，他将酒瓶在桌沿上猛一磕，手里便落下半截茬口锋利的瓶颈。他在喉咙里咕噜说，看着办吧。

另外两个人相互瞧瞧。就是这么回事，他们两个过路人，被一家小吃店的店主，下了两瓶白酒的死帖儿。这两个人相互瞧过之后，又向大街张望。街上，真正是阒无人迹。河里的流水声尚在远处。或许，那里的流水根本就无声无息呢。

戴秀琅架眼镜的人说，要不，我唱首歌替代这瓶酒吧？

黑脸人的脸上，看不了出任何意思。

戴秀琅架眼镜的人只好拿起酒瓶，启开，嘴巴朝天仰着，试图把酒倒进去。但是他很快呛了一口，剧烈地咳嗽起来。

络腮胡子问，你能行吗？

戴秀琅架眼镜的人泪流满面。他想说什么，但终于什么也没有说，又将瓶嘴对着嘴巴，仰起了脖子。在路灯黄色的光晕中，他的脖子显得白嫩细腻。忽然，这个被迫豪饮的过路人，将空酒瓶往电线杆下猛一掷，立时有几只蚂蚱和蝼蛄被砸毙了命；另有几只，被流出的残酒浸熏得无法起飞，晕头胀脑地趴在地上。

络腮胡子用力捏了捏戴秀琅架眼镜人的肩膀，然后抄起酒瓶，启开，一口气将酒干了，却又用牙一崩，将酒瓶口啃下一块，有滋有味地嚼着。他的嘴里，玻璃碴沙沙的响声，在深夜里听起来格外清晰，传得很远。

黑脸人站了起来。他上前抓住络腮胡子和戴秀琅架眼镜人的手，说，你们到底还是来了。我估摸着，今天夜里，一准有真人来。这店开了大半年，就是为了今天，等你们俩。

戴秀琅架眼镜的人用另一只手揩着眼睛，说，是我找了你们大半年。

要不是我最近背了运，络腮胡子庆幸地说，今夜还不定能不能见面呢。

然后他们三个人的六只手紧紧握在一起，亲热地摇晃起来，最后干脆拥抱成一团，在路灯底下转起了圈子。

转起圈子之后，他们感觉十分幸福，彼此从对方脸上看出了自己兄弟的影子。然后，他们旋转的速度越来越快。这时候，他们分别见到了自己的童年，少年。在他们的青少年时代，抱着转圈，旋转，是常有的事儿。后来，他们感到身体渐渐变轻，变薄，像一片纸屑，一片鹅毛，慢慢升上了天空。他们飞翔起来了。因为街道、房屋、楼厦渐渐降到了下面，变矮，变小，变到没有。伴随着他们飞翔的，是他们和尘埃、和空气、和云彩产生的摩擦声。这些摩擦声像周围的星星一样闪烁不定，有沙哑的，有尖细的，有浊重的，并且有隐隐约约的意义。关于生活和鞋里的沙子。关于眩晕。关于井口落下的石头。关于女人以及咽进肚子里的牙。关于亡命天涯和折断的翅膀……摩擦声渐渐微弱。他们看见了一片光明，那是天堂的景色。

太阳升起来了。行人出现在街头。蒙着口罩的环卫女工，开始用大扫帚清扫街道。事实上在太阳升起来之前，这座市的街巷里，已经有了行人。只是环卫女工习惯于在太阳升起的时候上街清扫。是她们发现在河岸边的电线杆下，小圆桌上摆着一盘小葱拌豆腐，几乎原封未动；桌上桌下有四五只酒瓶，有的站着，有的躺倒，有的已经粉身碎骨。从桌上酒盅的数量可以看出来，曾经有三个人深夜在这里喝酒。但小兀凳横七竖八歪倒在地上，旁边还有一把吉他和几只死蚂蚱，就是不见人影。秀才小吃店的门大敞着，也空无一人。在离小圆桌不远的地方，他们发现了一副被踩碎镜片的秀琅架眼镜……

这些夜里喝酒的人，只知道糟踏卫生，从来不打扫。一个年长的清洁女工说，他们到哪里去了呢？

一个正在清扫的年轻女工听了，俏皮地一笑，说，他们呀，飞上天去了。

与热天有关

我是一个拎着猪腿的人。我走在傍晚的街道上，感觉猪腿的分量在不断加重。但我仍然沉稳地走着，不让人看出我的疲累。我知道这对我来说，是十分必要的。好在我开的火锅店，离我已经越来越近了。

伏天里吃火锅，是件十分受用的事情。太阳落下来，我店里的小姐自会洒扫店前的地面，摆上一溜儿火锅桌，点上蚊香。不用招呼，食客们很快便会坐满。他们甩开膀子，挥汗如雨，吃得非常感动人。

我来到店前，食客们招呼我，老板，一起喝一杯?

喝你们的，我不忙，我说。我进了火锅店，将猪腿交给厨子，要他把皮和肉片下来，腿骨剁了熬汤。看见骨头投入汤锅，我才点着一支烟。我说，这天，怕有四十多度。

天热好，老板。厨子说，家里呆不住，还不都来吃咱的火锅？

每桌再给他们加瓢汤。我对店里的小姐说。

然后，我走出店铺，与食客们打着招呼，有时候也喝他们一杯酒。街上的行人来来往往的。我看着他们。这时候店前的音箱里，正播放着一首歌。

多少面孔
茫然随波逐流
他们在追寻什么

一个人，神情茫然，朝我的火锅店走过来。我说，哎，吃火锅？

他看了我一眼。吃火锅？他说，是的，吃是要吃的。

那就坐吧，我说。

可是，我在你这里吃火锅，他说，你得证明我在你这里吃火锅。你能吗？

你废话，我说。

你能，他执著地问，还是不能？

坐吧，我说，咱俩多少年了，我还没见你像今天这样。

我让小姐摆了台，点上火，拎了一扎啤酒。火锅很快沸腾起来。

来，我说，喝点酒吧。

喝，他说。他端起杯子，又放了下来，叹息道，唉，我这些年。

又说沉重的了，我说，这些年，咱俩不是挺好？

我不是说咱俩。他说，我还能说咱俩？

那就喝酒。我说。

我们就喝起酒来。啤酒这种东西，配吃火锅，是再好不过的了。我店里配制的火锅调料，麻辣适中，再加上有特殊配方，正好将啤酒里大麦芽的香味调了出来，非常爽口。我们喝着谈着。小姐因为老板作陪，中间又专门加了汤。我问，是新熬的骨头汤？小姐说是的。那就放开喝，我说。

你给我根烟，喝酒的朋友说。

你不会抽，我说，糟踏我的烟干嘛？

你给我一根嘛，他说，给我一根。

我给了他一根，为他点上火。他嘴唇哆嗦着，抽着，很快便剧烈地嗽起来。烟在他手中颠来倒去，再往嘴里送时，竟是燃烧的那头。他的嘴巴被烫了一下。小姐叫了一声。我说，算了，还是喝点酒吧。

但是喝酒的朋友走了神，对于小姐的殷勤和我的推让，就像没听见一样。他两眼发直；脸上的汗水，像小溪流一样淌着。我伸出手掌，在他面前晃晃，他眼睛连眨都没眨。小姐关心地问，是喝多了？不会，我说，我和他多年，我能没数？

我喝了杯里的残酒，将杯子朝桌上猛一顿。嗨！我说，醒一醒，到家了！

他一激灵，缓过神来。

家？他垂下头说，兄弟我已经没有家了。

这是什么话，我说，怎么回事，刚才？

刚才？……刚才我杀人了。他说。

胡说。我说，你好好地坐在这里，怎么会。

我意念杀人。他说，这对狗男女！

别扯了。我说，这些日子，她对你还那样？

变本加厉！他揩了一把脸上的汗水，也许还有泪水，说，做到家里来了，当着我的面，狗娘养的要我看着；她呢，要我递纸。

朋友的话，使我眼前白光一闪，出现了一个令人血脉贲张的场面。我闭了一下眼睛，但仍有一只小狗的憨态留在视网膜中。我什么都没有说。前后左右是食客们的谈笑声、拍打蚊子的声音。

那些年，你了解她的，他说，能想到她会这样，欲壑难填？

喝点酒吧，我说，比什么都强。

我这样的人，在她眼里，除了烂忠厚，一无所有。他说，当年她要是跟了你，也许什么事都没了。

干了这杯，我说。

你对我亲如兄弟，这些年没少接济我。他说，背叛我，就等于背叛了你呀。

喝吧，我说。

他端起杯子，一仰头，喝干了酒，说，现在好了，一切都了断了，我把他们都干掉了。哈哈。

干掉了好，我说。

你不用嘲笑我，他说，你不信我意念杀人不是？你等着瞧吧。

我信。我说。

信就好，他说。

他走了，有些摇摇晃晃。但我知道，那不是因为酒。这时候已经是深夜了。当你在夜深的时候，看到你视如兄弟的朋友，精神恍惚，一个人在街上踽踽地走，你会生出什么感觉？

他走后不久，来了两个人。这两个人在我的火锅店前，先看了店招牌，又互相看了看。我招呼他们，吃火锅？

你是老板？他们问。

是的。我说，坐吧。

你跟我们走一趟。他们中的一个说。

到哪里去？我说，我又不知道你们是谁。

你店里有开水吗？他们中的另一个说，晚上喝的八成是他妈假酒，嗓子里直冒烟。

我让小姐给他们沏了茶。我说，上回的地盘保护费，早收过了；黑三说……

你跟我们扯什么犊子，他们喝着茶，说，我们是刑警队的。

我得看看你们的证件，我说，上回也是两个人，没穿警服，说是巡警，结果把我带到黑三那里去了，一顿暴打。

他们笑了起来。一个说，不亏，长了见识了。另一个说，再让你长长见识，什么是真正的警察。

他们给我看了证件，然后带我到了公安局。我回到店里的时候，天已经快亮了。凌晨的温度，正适合睡眠，可我怎么也睡不着。我是被带到局里听证的。我那位朋友的妻子，和另一个男人，在朋友家的床上，被双双杀害。

一个警察坐在背光的地方，说自首者说我可以证明他能意念杀人，问，这是怎么回事？

我想了一想，说，我能证明。

你能证明什么？

我能证明他在我店里吃过火锅。

我不是问你这个，警察说，你能证明，他意念杀人？

吃火锅的时候，烟头烫了他的嘴。我说，这能算是正常吗？

是我在问你，警察说，意念杀人，真有人有这特异功能？

是啊，我说，死人的事情，是经常发生的。

你什么意思？警察盯着我问。

我的意思是说，我说，这可不是什么好事。

猪腿骨在锅里煮到第十天傍晚，黏稠的高汤已经被喝得差不多了。厨师要把骨头倒掉，我说，不，再熬。就在这时，小姐在门外喊我，说有人找。我出去一看，一下子没认出来。一个人，头发蓬松，脸颊清瘦，胡髭邋遢——是那位喝酒的朋友。显然那天夜里我的证词，对他十分有利：案发时间，他一直在我的店里吃火锅。他获释了，进了店门，却劈面揪住我的衬衫，对我吼道，你干的好事！

我干什么了，我说。

他说，你的狗屁证词。

你以为警察都是吃干饭的？我说，到外面坐着去。

火锅又沸腾起来。我的朋友怔怔地坐着，不吃不喝，不发一言，最后，忽然泪如泉涌。

行了，我说，别哭天抹泪的了。

我这一说，朋友哭得更凶了，两手抱着头，喉咙里发出呜呜咽咽的声音。周围的食客开始探头探脑。

你怎么像猪大肠一样！我说。

这都是怎么回事啊，他抽抽搭搭地说，我弄不明白啊。

你说说情况看。我说。

我说什么，我还能说什么，他说，人都死了。我也不知道我是怎么干的。

警察怎么说？我说，这是很重要的。

警察能怎么说？死了人，与我有关；人死了，与我无关。朋友说，我虽然想杀了她，可是我……

可是你什么？我说，没想好是怎么杀的？

不是的，朋友说，我还……爱着她啊。

我将背心脱了，光着上身坐下来，说，这是什么鬼天气，一丝风都没有。

只要她能活着，这个朋友说，我情愿……递纸。

我用力拍打了前胸一掌，一只蚊子死在了那里。

她不应该死得那样不体面。他说，那样的死法，还不如我先死了的好。

哪样的死法？我问，怎么不体面了？

不知被什么钝器击中的，赤身裸体。朋友喃喃地说，警察说，找不到凶器。

看来手段够隐蔽的，我抽了一口烟说。

不能就这样完了。我要追查下去，一查到底。朋友说，我要弄清楚到底是不是我干的。

为什么？我幽幽地吐着烟问。

我的朋友说，为了咱们仨从前的岁月。

扯那么远干嘛？我说。

我知道你对我好。朋友说，结婚后，她有时候夜里哭，做梦说你的名字。那时她追的是你，你发扬风格，成全了我。

你们俩挺般配的，我说。说这话的时候，我的胸口还在一阵阵发痛。我已经经历了三次失败的婚姻。

那是从前了。朋友喝了一大口啤酒，说，我打算先从凶器入手，调查这个案子。

你想干，我剧烈地咳嗽起来，说，就好好干吧。

说罢，我转身招呼小姐，让她给我们这桌再加一瓢汤。小姐为我们的火锅里加汤的时候，我告诉小姐，那天猪后腿上片下的鲜肉，让厨师给我们再上一盘；另外，熬汤的骨头，让他捞出来，明天早晨卖掉。

家里她养的那条鬈毛狗，牵到你这里来吧。朋友对我说。

我想了想，点点头，表示同意。

小狗没人照顾，是不行。他说，这几天，我看它老是张着嘴，伸着舌头，叫个不停。大概是饿的。

不，我说，这与热天有关。

砂　子

上班第一天，CEO 叫我到他办公室去一趟。去的结果是，他朝我眼睛里揉进一粒砂子。

你干什么你！我跳开来，用手捂着那只进了砂的眼睛；另一只眼，惊诧地望着 CEO。

干什么，他说，你不是已经有了反应嘛。

我是有了反应。因为眼睛，确切地说，是左眼，已经被硌得火辣辣的，开始流眼泪。本来，我以为刚上班 CEO 就召见，是个好兆头。因为我毕业于 211 大学，求职时过关斩将，终于如愿成为 W 公司职员。走进 CEO 办公室前，我还有点兴奋，以为会得到几句勉励。CEO 见了我，招呼说你过来。我就绕过老板桌，走到他跟前。他站起身来，拍了拍我的肩膀。肩膀透过新西装，感觉他拍我的手很柔软。他要我仰起头，向上看。我信从地做了。

没想到，他另一只手飞快地朝我左眼里放进一粒砂子，并且轻轻揉了一下。

我的手紧随CEO的手，护痛地摩挲着左眼。也许两只眼睛配合工作习惯了，我的右眼也开始不舒服，并且流出泪水。

你哭什么。CEO说，不就是一粒砂子嘛。

可它是在眼睛里啊。我说着，掏出面巾纸，轻轻擦拭起来。

眼睛没你想象的那么娇惯。CEO说，它完全可以容纳一些东西，比如砂子。

荒唐！我心里说，但嘴里发出的声音却是，眼睛里怎么能容得了砂子呢！

那要看你怎么理解眼睛或砂子了。CEO坐进老板椅，斯文地对我说，首先，眼睛是由眼睑、眼球构成的。它们之间的软组织有足够的弹性，具备了容纳砂子的客观条件。

他好像不是在说我的眼睛，而是在说一只小皮口袋。我越听越生气，忍不住反诘道，什么客观条件？！

就是说，条件是客观的。CEO依旧沿着自己的思路说下去。其次，砂子，颗粒小，直径一般不超过……

失陪了。我说，我得去趟洗手间，冲洗一下。

你还年轻，对W公司并不了解。CEO在我身后说，至少，了解不深。

我快步走向洗手间。我觉得CEO的玩笑不仅无厘头，而且很过分；那套“客观条件”论，尤其不可理喻。我进了洗手间，拧开化妆镜前的水龙头，歪着脑袋冲洗眼睛。但是，效果并不明显：无论怎么冲洗，眼睛依然涩涩的，有些刺痛。这时候，有人进了洗手间。我抬起头，看见那人身材颀长，戴着一顶鸭嘴帽，帽檐压得很低。我请他帮忙清理眼里的砂子。他态度消极，近乎冷漠，说，慢慢会习惯的。

我心生不快，问他“慢慢会习惯”什么。

眼睛里的砂子。鸭嘴帽在洗手间里侧边方便，边说，彼此会习惯的。

莫非他知道CEO一大早的恶作剧？我中止了冲洗，追问他“彼此会习惯”的，是我对眼睛里的砂子，还是眼睛对它里面的砂子。

那有区别么？鸭嘴帽终止了方便，窸窸窣窣地系了腰带，像是安慰我，又像是喃喃自语。我们需要的，他说，不是冲洗，是时间。

我无法接受这些奇谈怪论，不管它来自W公司的CEO，还是员工。我知道，当务之急是必须马上到眼科医院看医生。不，不是看医生，是让医生看我，准确地说，看我的左眼，尽快把里面的砂子取出来。为了缩短行程时间，平时很少坐出租车的我，在W公司大楼前拦了的士。一路上，我用手捂着左眼，不停地催司机加速。

什么事儿这么急？司机问我，火烧眉毛了？

不是火烧了眉毛，我说，是砂子进了眼睛啦！

我挂了眼科医院急诊室的号，把发红的左眼送到医生面前。医生启动了仪器，对着我的眼睛推、拉、摇、移，做各种角度的探测和检查。片刻后，结论出来了：我左眼里没有砂子。

这怎么可能？我说，疼得厉害，硌得慌……

那是心理作用。医生说，也许，砂子早就被你冲洗掉了。

我眨了眨眼睛，感觉左眼的砂子分明还在，建议医生再检查一遍。

已经检查过了，医生问，还检查什么？

检查仪器。我说，仪器是不是出了问题？

医生表示仪器是出口转内销的，不会有问题。

砂子也不会有问题，我说，肯定还在左眼里。

但医生还是建议我再忍一天；说如果第二天感觉还不好，再复查不迟。我只好让步，离开了急诊室。但是，左眼仍旧涩痛，每转动一下眼球，我都能清晰地感觉到异物的存在。它就像一粒砂子，不，它就是一粒砂子，早晨被 CEO 揉进眼睛里的，怎么会在仪器面前隐形了呢。我心里极端郁闷，怏怏不乐地走出眼科医院，返回 W 公司。

天空灰蒙蒙的，说不清是阴天还是雾霾。我心情沉重，走进办公室自己的格子间里，心情别扭地坐下来，再也没有了刚上班进 CEO 办公室前的那份兴奋和新奇。我的职位，是 W 公司数据研究室的程序分析员。你知道，这是个使用眼睛的工作。但是上班第一天，眼睛就被 CEO 搞了一下，越想越觉得倒楣和晦气。

CEO是个什么人呢？我想，一个贵为上司的人，为什么要对员工开这种无谓的玩笑呢？可能是他觉得好玩吧。可是，随着眼球的转动，我左眼里的砂子也在变换着位置，扩大折磨眼睛的范围，让我觉得一点也不好玩，甚至很伤自尊心。我努力盯着电脑屏幕上的一组组数据，想静下心来做定性、定量分析，但是左眼很不给力。有那么一会儿，视线甚至有些模糊起来。

朝人眼里揉砂子，我把鼠标往电脑桌上猛一拍，大声说，这也太不地道了！

办公室的同事纷纷抬起头来，朝我这边看。有人在交换眼神，有人在交头接耳，却没人离开座位，过来询问或安慰我。为了引人注目，我故意制造动静，对几本资料摔摔打打，粗暴地推开椅子，脚步声很重，走到办公室角落的饮水机前，取纸杯接水喝。你只要看那纸杯一眼，就不难明白W公司效率高的原因：纸杯是尖底的。就是说，你无法把它放在桌子上，坐着慢慢喝；只能站着匆匆喝完，回去继续工作。我一边喝水，一边望着埋头工作的同事，心里不由生出丝丝凉意。

就在这时，我办公桌上的蜂鸣器又响了，像钮扣那么大的红色小灯泡也开始闪烁：是CEO在呼叫我。又有什么好事？我怒气冲冲地走进CEO办公室，在离他一米外的地方站定。

又想怎么着？我说，打算在我右眼里也放粒砂子？

哪里。CEO对我亲切地笑着，说，坐；我想跟你谈谈。

我正忙着。我说，你虽然是首席执行官，也不该干扰员工正常工作。

你在正常工作？CEO 说，监视器里，你怎么情绪烦躁得很？

我这才注意到，老板桌的侧面有一片布满小屏幕的监视墙；公司各科室的办公情况，可以尽收眼底，一览无余。

但是我也不想谨言慎行了。我回击说，那是因为，你早晨的玩笑开过了头！

我要跟你谈的，正是这个问题。他说。

CEO 和我谈了大约两个小时，直到吃中午饭的电铃声响彻整幢大楼。

他说的内容主要有三点。第一点，在员工眼睛里放砂子，是 W 公司一贯的传统，也可以说是公司精神的重要组成部分。他耐心地向我举例说明：有的机关，不是在部下眼睛里放砂子，而是朝他们的胃里灌烈性白酒；有的厂矿，虽然不往工人眼里揉砂子，但是把他们置于粉尘或噪音里；有的企业，命令员工沿广场的圆型喷泉跪着爬行；有的部门，勒令职员自抽耳光；有的公司，规定所有人一律穿高跟鞋；有的行业，甚至要求人必须用脚尖走路……W 公司这里，只是在眼睛里放进一小粒砂子。CEO 说，每个公司，都会有自己特殊的企业精神。

我毕业于 211 大学，对 CEO 这番貌似有理的说词根本无法认同。是吗？我说，朝胃里灌烈性白酒的，已经有多人醉死，酿成悲剧；置身于粉尘的，有些得了尘肺病，为了确证为职业病，甚至不惜开胸验肺；长期在噪音中工作的，失眠、失聪，甚至精神忧郁。你朝员工眼里揉砂子，和他们比，不过是小巫、大巫的区别罢了。

说得好。CEO说，年轻人，接着说。

命令员工跪着爬行、自抽耳光的，也许是企业的心理强化训练。这本来是我的推测，却变成了按CEO要求“接着说”的内容。我也只好“接着说”：做法虽然不可取，触犯了人格尊严，但毕竟没伤害到人的生理底线，也就是身体！

CEO眯眼看着我，并不接话。我只得“接着说”下去：至于说到穿高跟鞋，说不定是模特行业；用脚尖走路，也许是跳芭蕾的。那都是工作或职业需要，和人性、人道并不冲突。

年轻人，你是只知其一，不知其二。CEO听罢，淡淡作了结论。而后，他用戏谑的表情，模仿我的语气说，工作或职业需要，和人性、人道并不冲突；亏你还能认识到这个层次，不然我真要怀疑你是不是211大学毕业的了！随即他声色俱厉地问，人性的属性是什么？

我当然毕业于211大学，而且如假包换。我也考虑过人性的诸多范畴，但是，我还真地从来没有考虑过“人性的属性”问题。见我呆滞在那里，CEO十分体恤地递给我一瓶矿泉水，然后告诉我，是水。

我说，我知道是水，矿泉水。

错！我说的是人性的属性是水，是阴性的、柔和的、随机的和可变的！CEO用几个顿号，果断地截住我的词不达意。接着，他从历史上找出女人裹小脚的例证，质问我“三寸金莲”是否人道，符不符合人性。

所以民国开始倡导天足……我反应过来，驳诘道。

但是CEO用一个斩钉截铁的手势阻止了我，表示他知道我想说什么。他提醒我，民国倡导天足，实际上遭到了众多女子的反对甚至反抗。见我打了个愣怔，CEO乘胜追击，追问我孙悟空头上的紧箍咒，是不是工作或职业需要。我虽然心有不甘，但也只好点头称是。

难道它人性吗？人道吗？CEO用讥讽的语调反问我，并且不待我回答，自顾自问自答起来。取了真经，成了正果，就没有人会说紧箍咒非人性、不人道了。年轻人，CEO说，记住今天我告诉你的第二点：成佛才是最大的人道！

我知道CEO的观点和论证过程有逻辑问题。但是，有那么一会儿，我被他快如连珠的语速裹挟了，失去了组织回击的依傍，甚至觉得他说的也不是全无道理。

见我陷入沉思，CEO放缓了语速，用平和的语调对我说，话说回来，你怎么就那么草率地认定，朝眼里揉砂子非人性、不人道了？撬开蚌壳，放进砂子，虽然也疼，但河蚌忍耐着，最后也就孕育成了珍珠。不经风雨，怎么能见彩虹？他说，这是我要告诉你的第三点。

我也曾想截住CEO的滔滔不绝，告诉他，河蚌忍痛含着砂子，结局很美好；可我忍受左眼里的砂子，除了痛苦，不就是煎熬吗？不过，望着CEO殷切期待认同的眼神，我忽然觉悟到，他说的三点内容一定早有腹稿。因为我不会是第一个被叫去“谈谈”的新职员。在一个自以为对公司精神已经深思熟虑的上司面前，争论无异于抽刀断水。所以，当刺耳的电铃声骤然响彻全楼，我立刻起身问，中日宣战了？今天有空袭？

什么宣战、空袭！他失望而又疲惫地从老板桌后起身，把我送到门口说，是中午吃饭的铃声，我选定的。

夜幕在下班前就垂挂下来，遮蔽了 W 公司通向宿舍的路。我左手捂着左眼，感到视野萎缩，视域扁平，脚下重心不稳，成了名副其实的“独眼龙”。但我必须给父母打个电话。他们都是环卫工人。父亲腰椎不好，母亲又患风湿病，用绵薄收入供我读完大学，助我进入球三角地区，成了公司白领。上班第一天，我有义务告诉他们，自己一切都好：公司薪水高、工作环境好、人际关系和谐……总之，能让他们心安的话，想到的我都说了。

父母接了我的电话很高兴，争先恐后地叮嘱我要勤快，要谦虚，要肯吃亏。见我在电话里沉吟，他们语重心长地告诫说，这都是为你好啊。

我知道，也相信，他们是为我好。但我心情并不好，挂了电话，晚饭也没吃，蒙头躺在宿舍里，流了半夜眼泪。那眼泪里，有憋屈，有愤怒，也有痛苦；当然，还有纠结。因为我想到辞职，想到另谋职业。但是，求职时自己的艰辛，录用后父母的欢欣，都历历在目，使我下不了决心。总不至于为了上司的一个恶作剧，就丢了众人艳羡的工作吧。如果是那样，我也太不成熟了。

当然，我也承认，当天晚上流出的泪水，生理反应成分居多，因为左眼非常不舒服：除了涩和疼，偶尔还会像三岔神经痛那样，电光石火，一触即发，一击即中，全身一震，半天缓不过劲来。那种疼痛来得快，去得快，不受意志控制，令我胆战心惊。因为第一波袭来后，你无法预知第二波来袭的时间。我左眼不敢触碰枕头，只能保持一个姿式躺着，不知道什么时候，才迷迷糊糊地进入梦乡。

第二天，雾霾把W公司整幢大楼都淹没了。我两眼迷离，好不容易才摸进大门。进了办公室，我发现窗外灰蒙蒙、雾茫茫的，楼宇成了雾霾中的浮岛。

鸭嘴帽站在办公室中央，见我到了，忽然用力拍了三下巴掌，宣布数据研究室开会。我不想理解为会议是为我开的，但自始至终，却都感到与自己有关。会议由鸭嘴帽主任主持，内容石破天惊：办公室白领们现身说法，证明眼睛里容得下砂子！

鸭嘴帽的帽檐依旧压得很低，大家看不见他的眼睛，却听他力陈眼睛里放进砂子的种种好处。我觉得角度和CEO的大同小异。艾碧和茜迪先后慷慨陈词，大谈不放砂子的种种坏处，例证也多出自CEO的基本思路。

CEO不知什么时候坐到了我身边，悄声告诉我，他是溜进来听会的。听了一会儿，他附在我耳朵边说，你问问W公司的人，谁的眼睛里没有砂子？哪个眼睛里容不得砂子？

他说话时的鼻息，让我心神不宁。见我如坐针毡，他忽然朝鸭嘴帽招手。鸭嘴帽弯着腰走过来。CEO问他，你眼里的“砂龄”

多长了？

鸭嘴帽低声说，三年多啦，首席！

CEO 又问感觉怎样。鸭嘴帽表示完全适应了。

光适应还不行。CEO 说，要深入体会眼睛里放砂子的好处。

鸭嘴帽拉低帽檐表示，眼睛里有砂子，好处多多；没有砂子，浑浑噩噩。而后，他又返回台前，主持会议去了。

CEO 又朝坐在远处的艾碧和茜迪扔小纸团，意思是让她们过来一下。两个女白领不好意思影响台上的发言者，像两只猫一样蹑手蹑脚走过来。

你们刚才讲得很好，CEO 说。

谢谢首席！她们一迭声地说。

CEO 指着我说，还要多关心新来的年轻人，告诉他你们的体会哦。

艾碧和茜迪把我夹在中间，开始叽叽喳喳。艾碧说，眼睛里怎么可以不放砂子？这种想法好奇怪啊；我很自豪，因为我是眼睛里容得下砂子的人！茜迪说，眼睛里放砂子，总比放蚂蚁、放蜘蛛好多了吧？放砂子虽然疼，但我痛并快乐着！

在她们的循环论证中，我渐渐知道，眼睛里的砂子已经成为 W 公司精神的标志。员工眼睛里的砂子，虽有男女之别，也分男左女右，但是，一律必须由 CEO 本人来放，才算合格，才能有效。据说某个企业的员工为了挤进 W 公司，曾经在眼睛里预放了砂子，想来鱼目混珠，后来被识破轰了出去；又据说，有人为了体会 W 公司员工眼睛里容得下砂子的神奇感受，患了“沙眼”

也不治疗，还备加珍惜，打算遗传给下一代。

首席，我学着公办室同事对 CEO 的称呼，提醒他正开会呢；台上开大会，台下开小会，合适吗？CEO 连忙说对对对，表示那还是他亲自制定的规矩，而后猫腰溜出了数据研究室。

报告会结束了，我看见现身说法的白领们眼睛或红或肿，流出了含义复杂的泪水。

但是，那场报告会并没打动我。因为一个简单的事实便抹去了报告的说服力，那就是左眼里的砂子让我极不舒服。散会后，我再次去了眼科医院，请医生继续为我检查，务必找出那粒玷污我左眼的砂子，还它一个清白。

因为是二次就诊，我与医生配合默契。这一次的检查是全面和细致的，但结论竟然和第一天一模一样：我左眼里没有砂子！

我心有不甘，又到中医院问诊。老中医先把脉，再看眼，最后神定气闲地告诉我，是脾胃上火，火冲太脉，诱发了“沙眼”。尔后，他开了一些调理脾胃、气血的中成药和草药，让我慢慢吃。

我悻悻地回到了 W 公司。在摩肩接踵的电梯里，我前面的背影发出了肉体缝隙挤压空气的细微爆破声；随即，电梯里空气质量急剧下降。背影转过身来，我看见了 CEO 的脸。嗯？他用威严的眼神扫视四周，问谁在污染空气？同乘电梯的六七个人，都不吱声。CEO 也许想完整地演绎网络上流传过的笑话，突然喝问靠近电梯门口的鸭嘴帽，是你吧？鸭嘴帽下意识地连忙否认。CEO

又用宽宏大量的眼神打量了我一番。我知道你去了哪里，他说，眼科医院是不是？由于洞察了 CEO 对鸭嘴帽的恶搞，我看着他，就像没有看见他，说，我还去了中医院呢。

电梯门开了，CEO 迈出一步，又回头说：有的人，眼睛里连砂子都容不下；有的人，连个屁的责任都不愿意承担，太叫我失望了！

我把头低下，一言不发；鸭嘴帽也沉默着，帽檐拉得更低，都快遮住鼻孔了。CEO 将了无新意的网络笑话进行到底后，轻快地走掉了。

我之所以低头，并不是向 CEO 认输。我决心寻找同道，进行集体自卫。

接下来的半个月里，我和三四个人谈过心，热切地提议他们和我一起战斗，向媒体曝光，揭露 CEO 做法的不人道，鞭挞公司精神的非人性。

由于在洗手间有一面之缘，并且在电梯里被同时训斥，我先找到鸭嘴帽，希望他与我联手抗争。鸭嘴帽把帽檐向上拉起一点，摘掉眼镜，让我看他的眼睛。他的左眼就像清蒸鱼的眼睛一样，了无生气，令我触目惊心。鸭嘴帽重新拉低帽檐，摇摇头，走开了。我知道他的意思是，反抗已经迟了，晚了，没有意义了。因为对艾碧的母性精神心怀敬意，我苦口婆心地劝她加入我的反抗联盟。她眨着眼睛，看地板，看天花板，看窗外风景，就是不看我。我又游说茜迪。她虽在数据研究室工作，但兼职公司女工委主任，有义务维护员工合法权益。不料她对我的想法哑然失笑，好像我说的比青蛙驾驶宇宙飞船还要可乐。笑够了，她劝我放下想法，原因是 CEO 不会让我如愿。

鼓动并没收到预期中的响应。但我意已决：虽千万人，吾往矣！我去了电视台，又去了电台，最后到了报社。媒体无一例外地要我提供人证和物证。人证，当然就是我；物证，就是我左眼的不适。

好啊。值班的编辑说，把医院的诊断书拿来吧。

我傻了眼。左眼本来已经被砂子折磨傻了，现在右眼也被拖累，一齐傻在编辑面前。

看见我两眼犯傻，值班编辑同情地说，眼睛舒不舒服，是一种主观感受，没法成为证据。

我闷闷不乐地离开了一家又一家媒体。

那以后的半个月，我度日如年，感觉自己的左眼就像一只粉红的毛桃。我怕有碍观瞻，也配戴了色阶可变的眼镜。事实上，我对 W 公司最初的好感，就是来自大楼里白领和蓝领们鼻梁上的眼镜。眼镜使员工们看上去文质彬彬，仪态万方，令我十分心仪。现在看来，表面现象把我蒙蔽得够惨的：原来他们大多是为了遮住备受摧残的眼睛。

数据研究室的艾碧趁人不注意，在走廊里悄悄塞给我几瓶滴眼液，并建议我试试黄瓜贴敷法，说是自己当年摸索出的“秘笈”。茜迪利用在洗手间门口邂逅我的时机，塞给我一张小纸条，说我左眼目前的状态是正常的，属阶段性反应，劝我不要怨天尤人，以免让她对男人的耐受力失望。

我用掉了四五瓶滴眼液，贴敷了六七根黄瓜的切片，同时必须不停地眨眼、甩头，才能定下神来，保障我数据分析的正确率。即便如此，有些重要数据我也要反复核准，才敢报给鸭嘴帽主任。但是，我左眼的涩痛感不仅没减轻，两眼视物反而出现了不对称现象：看字、看人、看风景，焦距飘飘忽忽的，时常重影。渐渐地，我开始晕头胀脑，分不出阴晴，辨不清昼夜，时空颠倒，只能靠手机闹铃声维持日常工作和生活。

数据研究室软件升级，需要进京购买正版。我接住了天上掉下的这个馅饼，领了出差费；对艾碧和茜迪希望我代购的愿望，也一一答应下来。我知道自己的眼疾持续下去，十分危险，必须尽快清除掉左眼里的砂子。既然就近的眼科医院无法确诊，我也不能一棵树上吊死。

办完购买正版软件业务，我寻思着该找家权威眼科医院就诊。在软件销售公司总部的走廊里，我看见有个西装笔挺的男青年，胸牌编号 0001，便问他京城最好的眼科医院是哪家。

那就是"目目明"了，全国最好。他说，你出门坐 87 路公交车，穿过一条隧道就到了。

按照他的指点，我坐上了 87 路公交车。车身簇新，行驶起来悄无声息；乘客们都在假寐，仿佛彼此间不忍心打扰似的。进入隧道后，光线聚然转暗，车内也安静得让我听见自己的心跳。

有那么一会儿，我感到车子不是在水平行驶，而是在朝深不可测的幽谷里飘落。漫长的隧道，幽深晦暗，令人昏昏欲睡……

忽然，我被司机推醒，说目的地到了。我站起身来，发现公交车上已经没有乘客，车门正对着医院门口，就像飞机廊道对准机场大厅的出入口一样。我走进医院门廊，迎迓的女护士礼貌地问候我，您来啦？专家正等着您呐。

“目目明”眼科医院果然不是浪得虚名。虽然没有预约，但他们的服务热情周到，令人如沐春风。米国进口的尖端仪器在专家手里自如地运转着，我的左眼接受了全面检查。检查结论是：左眼里的砂子，在“有”“无”之间。

这是什么话？我的脑袋虽然被仪器卡住，嘴巴却忍不住大声询问，到底是“有”、还是“无”？

这是个理解角度问题。专家说，当你从医学角度确认它“有”的时候，它是“无”的；当你从患者角度认为它“无”的时候，它又是“有”的。

哪有这样的砂子？我抱怨说，怎么会有这种砂子？

专家告诉我，我左眼里的砂子，是一种可溶性水质隐形砂，其颗粒远远小于PM2.5，眼睑软组织可以吸收，就像耳朵能够听见声音一样；吸收之后，会因人意识强弱而随机聚散。工作忙不想它，便感觉不到它；一旦想起来，它便立刻聚形生成，然后介入感觉系统，就像意识对物质的反作用那样。

这样的说法，我闻所未闻。但接下来的信息，让我听后耳朵里发出一声交流电刺激麦克风般的尖锐啸叫，接着脑袋便一片空白。专家说我左眼里的砂子，根本没法取出来！

我的脑袋被专家从仪器里解放出来后，依然嗡嗡作响，有些呆怔。专家进一步解释说，无法给我动手术，是因为我左眼的砂子很像微观粒子，医生不能同时确定它的坐标位置以及相应的动量，其情形类似海森伯的“测不准原理”，所以手术无法实施。

这种砂子，专家笑着说，够微妙的吧？

什么微妙？我喃喃地说，简直可怕。

是可怕。专家点头说，可溶性水质隐形砂的手术，目前在世界上还是难题。

京城出差，对我的精神构成了重创。带着购买的正版软件，我心灰意冷地回到W公司，步履沉重地走向CEO办公室，敲了三下门。CEO让我进去，认真听取了汇报，对我鉴定正版与山寨软件的专业素质表示肯定。见我没有离开的意思，他关切地问，还有事儿吗？

这次出差，我顺路到京城“目目明”眼科医院去了。我说，那是全国最好的眼科医院。

哦？CEO饶有兴趣地问，我怎么没听说过？有什么收获吗？

收获嘛，我说，对你来说可能不小；对于我来说意义不大。

然后，我把“目目明”眼科医院专家检查的结果和结论说了一遍。CEO听罢，哈哈大笑，说哪有这么夸张的结论，甚至也不可能有这样的专家、设备和医院。

CEO的自信让我有点发懵。我请CEO上网查百度、谷歌，以证明京城“目目明”眼科医院确实存在。但是CEO的苹果电脑上显示为“没有符合搜索条件的结果”。我心里一沉，立即掏出手机给软件销售总监打电话，托他核实总部门外是否有87路公交车，穿过隧道便是“目目明”眼科医院。销售总监答复说，总部门外从来就没有过87路公交车，也不存在什么隧道，更别说“目目明”眼科医院了。我心里顿时像被掏空了似的，没了底，又让他代查总部是否有个西装笔挺的小伙子，胸牌编号0001；回复说查无此人，胸牌编号0001的是公司总裁，已经年逾五十，而且是女士。

难道是见了鬼了？我瞠目结舌地说。

CEO对我的惊讶表示理解。他认为我近一个月来形容憔悴，身心俱疲，出现臆想、幻觉和谵妄状态，也很正常。实际上，砂子就是砂子，CEO说。不过目前从公司使用的效果来看，它无害于肉体、有益于精神。

应该是无害于首席，有益于施虐吧。我恢复了神志，一字一顿地说，你，太坏了。

CEO对我的话不以为然，但也没有生多大的气。他指出，“好”和“坏”不过是一种道德评价。对任何事物的判断，都不能简单地从道德尺度出发。他说，卡尔从来不用道德尺度评价历史；评价公司精神，就能例外吗？

所以，我说，你就不停地朝员工眼里揉砂子？

这样的公司精神，多有特色啊！CEO感叹道。而且，不管你接受还是不接受，认同还是不认同，喜欢还是不喜欢，你都永远是这种精神的载体了。

离开 CEO 办公室，我将两大包代购商品分发给艾碧和茜迪。茜迪没看好我代购的一条纱巾，希望艾碧接手；艾碧谦让之余，说我就像换了个人似的，沉静多了。她们当然不知道，哀莫大于心死：我带回来的除了正版软件和女士用品，还有“目目明”眼科医院的诡异经历。

也许由于代购商品的缘故，艾碧和茜迪对我频频示好。我问她们，眼里放了砂子的这些年，她们是怎么熬过来的。艾碧表示没什么特别的方法，主要是忍耐。

还有没有别的办法，我厚着脸皮问，稍微好受点的？

办法多了，五花八门。茜迪笑眯眯地说，不过一个比一个狠，也一个比一个惨。

不然还能怎样呢，艾碧正色道，这就是职场。

不，茜迪纠正说，这就是生活。

天空一直灰蒙蒙、湿漉漉的。自从来到球三角地区的 W 公司工作，我好像从来没见过太阳；心情也和天气一样，暗无天日。秋深以后，市区的水泥或柏油路面上，无数蚯蚓从草坪或泥土里逶迤而来，大约想横穿马路。远远看去，奋力过街的蚯蚓密密麻麻，就像细小的树枝散落在地面上，吃力地蠕动着狭长的身体。它们在行人与车轮下挣扎着，瞬间便身首异处，或成为一道道暗红色的泥浆。迁徙中的蚯蚓与人类的盲目互动，使街面上弥漫着腥膻的悲剧气息。

因为无法“转移焦点”，所以无论在办公室还是宿舍里，我都摆脱不了左眼里砂子的折磨。漫画中的刀刀曾说：“生活的一半是倒楣，另一半是如何处理倒楣。”但我不知道该如何处理倒楣，因此不敢回家，也不敢向父母倾诉，无奈、无助到快要崩溃。

W 公司程序分析员做满一个月时，上帝终于眷顾了我。灵感如有神助，突然袭来，我想出了新的“必杀技”——在 W 公司门前拉两条横幅：“强烈抗议非人性的 W 公司精神！坚决反对朝员工眼睛里揉砂子！”

我想，只要这两条横幅拉出来，就会引起网络关注；只要网络关注了，网民就会围观；只要网民围观了，就会产生影响；只要影响产生了，就会引来良知；只要良知一到，CEO 的行径就会被喝止……云开日出的日子，还会远吗？

在离 W 公司不远的街面上，我寻到了一家文化印品商店。下班后，我把横幅内容向店主说了，希望他们尽快印制。明天一早，我兴奋地说，横幅的内容，就会在网络引爆啦！

店主边听我的想法，边为我倒茶，让我坐着慢慢喝。随后，他掏出手机，出门打了个电话。就在我想象着自己即将成为 W 公司精神的终结者时，CEO 的座驾驻停在商店门口。首席执行官下了车，走进文化印品商店，款款来到我面前，把我请到了树影婆娑的黄昏里。

CEO 的邀请是礼貌而又勿庸置疑的。他让我与他一起坐进黑色轿车的后排座椅。我心里虽然不爽，但也只能接受。CEO 吩咐驾驶员一直朝郊外开。路灯越来越稀，光线越来越暗。司机把大灯打开，能见度也不到千米。后来，一棵粗大的樟树出现在车灯的光晕里。CEO 说到了，要司机停车。司机下了车，拿起副驾驶座上一件宽大的黑色风衣，披在 CEO 身上；又从后备箱取出一副铝合金折叠梯，架在大樟树下。

见我心生疑惑，CEO 说，来吧，咱俩上树。

上树干什么？我更加困惑了，说，天快黑了，你把我拉到荒郊野外，到底想怎样？

你跟着我上。CEO 说，我会害你吗？

然后，他开始爬树，很快便攀登到四五米高的树杈上，骑稳了，催促我快上去。我想，他是公司 CEO，在树上还能把我这年轻白领怎么样。我从小练过爬杆，上树当然不难。很快，我也攀到 CEO 的高度，骑到了另一个树杈上。

司机见两人都上了树，收起梯子，放进轿车后备箱，随即启动引擎，把车开走了！我大声叫停，轿车毫无反应，瞬间便消失在郊区的苍茫里。

我回过头来。光线昏暗，我看不清 CEO 的脸，只能听见枝条在他胯下的嘎吱声。因为大樟树枝繁叶茂，成功地将他掩藏在树枝丛中。嘎吱声很快停下来，想必是 CEO 已经安顿好自己的身体。接着，他的声音传了过来。他告诉我，大樟树，是他用心选择和精心打造的最好的谈心环境。他的声音清幽空蒙，既辽远，又切近，有一种被扩音器放大了的磁性质感。

用心选择和精心打造？我嘲笑说，难道咱俩是猿猴，得在返祖环境里谈心？

但是，我喉咙里发出的声音飘忽而又微弱，差不多成了大樟树枝叶发出的秋日私语。我又用力喊了一嗓子：我们俩音量、音高都不对等，能是“最好的谈心环境”吗？！

晚风里，我的喊声瞬间便溶解到了樟树叶的沙沙声里，就像一滴墨汁融入了湖水一样。

CEO又开口了。他指出，现在不是我说话的时候；也就是说，我只需要认真聆听，因为他有很多话要说。我试图努力理解CEO。他不跟我在文化印品商店谈，不跟我在他的轿车里谈，也不回公司办公室谈；甚至也不在咖啡馆、茶社或公园里谈，而是匪夷所思地选择了郊外的一棵大樟树。难道是怕我不想听他说话时一走了之？

所谓公司精神，本质上都是励志文化。CEO语气忧伤地说，在全球已经被赤道诸国深刻影响的进程中，要想让一家公司与众不同，脱颖而出，已经比冲出太阳系还难。W公司经过近百年探索，才找到了公司精神的灵魂：朝员工眼睛里揉砂子。

近百年探索，我大声讽刺道，才找到这么卑劣的手段？

但是我的声音非常微弱，差不多就像秋虫呢喃。无法用声音反馈意见，我便用力摇晃起身边的树枝来表达异议。

你晃树枝干什么？CEO嗔怪道，你这种行为，是变相的“眼睛里容不得砂子”。也许觉得口气过硬，有些不妥，他降低语调说，不同意我的观点，也请你让我把话说完嘛。

我停止了对树枝的摇晃。因为 CEO 的要求听上去合情合理，并不过分。

我们两人的分歧在于，CEO 说，你认为不能朝眼里揉砂子，原因是眼睛里容不得砂子；我朝员工眼里揉砂子，是认为眼睛里容得了砂子。这是我们两人的出发点和落脚点不同。你的出发点是觉得眼睛里被揉了砂子，无法容忍；我的落脚点是要你的眼睛里容得下砂子，便于励志。

我的眼睛饱受蹂躏，已经一个多月；他却骑在大樟树枝上，如此这般，大谈“出发点”和“落脚点”。我忍不住又摇晃了一下树枝。

CEO 没再理会我对树枝的摇晃，继续诉说苦衷。他说能不能往眼睛里揉砂子，取决于眼睛里是不是容得下砂子。关于这一点，他指出，W 公司有长期的、大量的实践作为实证，而我只有个体的阶段性感受作支撑；并且随着时间的推移，我的个案也将成为他的实证材料。因此，朝员工眼里揉砂子，CEO 说，目的是为了员工眼里有砂子可容，揉砂子在他这里只是手段；眼睛容得了砂子，在员工那里便是结果，也是公司精神的目的。如果眼睛里容得下砂子，他问我，还有什么苦吃不消？还有什么事做不成？

我听着，渐渐停止了对树枝的摇晃。因为一方面觉得动辄晃树，确实有些浮躁；另一方面，我也在分析 CEO 的言行是不是真地具有某些两面性。就是说，他施虐，是为了提供员工自虐的条件；而员工自虐的过程，有利于培养耐受力，并最终雄起。我的思考，不经意间让自己陷入了沉静。CEO 对我的静默十分满意，舒了一口气，怯怯地说，我承认，你抵制我朝员工眼里揉砂子，表面上看，是个善举。但是你知不知道，善也有大小之分？

我想起刘备对阿斗“勿以善小而不为，勿以恶小而为之”的临终嘱托。但是，我没有回应 CEO 的询问。因为我知道即使回答，声音也难以传递，只能像气体一样飘散在夜色里。

见我没有摇晃树枝，CEO 放了心，自以为察知了我的心迹，表示他敢朝员工眼里揉砂子，除了对人性的基本认识，还缘于他认为那样做是大善。眼睛里容得下砂子，他说，对于你自己，是励志，你经受了忍耐力的磨练，忍常人所不能忍；对于他人，意味着被你宽容和包容。CEO 说着，似乎走出了忧伤，进入了自信。因为眼睛里容得下砂子，也就容得下不同意见，容得下不同个性，容得下同事，容得下公司，容得下社会。他越说越流畅，不经意间流露出演讲的腔调。你的胸怀，最终将变得像海洋一样，有容乃大！

在 CEO 的演说中，渐渐地，我感觉自己已经不容易辨析出砂子和不同意见、不同个性的差别；它悄悄地被 CEO 替换成同事、公司和社会的概念，在理论上似乎也变得不那么难以接受了。我对自己的心态被 CEO 潜移默化，感到既羞愧又愤怒。

CEO 显然也被自己演说的激情感染了，因为树枝在他胯下也开始颤动，动感有节律地传递到了我胯下。CEO 在颤动中不无快意地说，W 公司的员工，为了对得起眼睛里的砂子和砂子外的眼睛，谁不恪尽职守、兢兢业业？所以，在职工眼里放砂子，既励志，又益智，还启迪人格，最终倡导的是一种包容心态：眼睛里容得下砂子，心胸便装得下世界。世界从来就不是清一色的，而是泥沙俱下，无奇不有。你不可能把你感到不舒服的，都剔除掉。

这时候，我听见“咔嚓”一声。原来是CEO折断了一根樟树枝。他一边折树枝，一边举出希特勒的例子，说当年他对犹太人感到不舒服，就搞大屠杀，结果罪莫大焉。

抵制朝员工眼睛里揉砂子，与希特勒灭绝种族有着本质区别。我无法接受CEO的故意混淆，便用力撼动大樟树的主干，以示抗议。在我的膂力作用下，大樟树觳觫起来，树叶纷纷像一只只蝴蝶飞离枝头，飘落在地。CEO的声音，也像唱片机磁针不适应老唱片的纹路，变得断断续续和沙哑起来。这种现象很快被CEO觉察到了。他停止了颤动，继而停下了演说，在黑暗中捣鼓着什么。不一会儿，声音又恢复了原有的流畅和磁性的质感。

你这个人，简直就像W公司的一粒“砂子”。CEO对我刚刚使用的蛮力作了不无揶揄的点评。不说你现在晃树，就说你想在公司门口拉横幅，表明你这粒“砂子”很不安分；和我们W公司这只“眼睛”，格格不入。但是，你这么抵触公司精神，甚至想做出过火行为，公司清除你了吗？没有！因为清除你，就说明我们说一套、做一套，违背了公司精神。

我喘息着，停止了对大樟树主干的摇撼。因为觉得CEO的比方并非不当，甚至有趣。

我曾经说过，你还年轻，对W公司并不了解；至少，了解不深，是有所指的。CEO说，我们公司的首字母“W”，是并列的两个“V”。你是211大学毕业的，当然不难看出来；也知道两个“V”的意思是双赢：不仅我赢，也要你赢。但光知道这个还不够。你还得看懂这个字母“W”的象征含义。它就像两只圣杯，向天并列着，意味着承接、容纳和包容。根据这种精神，你这粒“砂子”落到W公司的眼眶里，我们就不会把你清除掉，而是承接你、容纳你、包容你。

我又摇晃了一下树枝。不过这次摇晃的含义已经变了：不是抗议，而是对CEO妙解“W”的赞赏，就像司机示意时不说话而鸣笛一样。

CEO立刻感受到了我的善意，放声大笑起来，说这就对了，我们之间，应该这样默契！他推心置腹地说，说实话，你一个多月来的抗拒，也给了我新的启示，那就是放砂子要从娃娃抓起。当然，娃娃很难确定是不是可塑之才，培养成本也太高。在他们眼睛里揉砂子，父母和社会的反弹力量会很激烈，导致公司精神无法实施。所以，我设想与一些211大学合作，和优秀学生签约，在他们眼里预放砂子，让学校代培，让学生“带砂学习”。这样，等他们来公司上班时，已过了适应期，就减少了成本耗损。从这点上来说，我还要感谢你哩。

听了CEO的夸奖，我如同芒刺在背，极不舒服：他打算把黑手伸向孩子、伸向在校大学生，居然是受我的启发。但我按兵不动，没有摇晃树枝来抗议，想听他还将说些什么。CEO见我不动声色，以为他的夸奖满足了我的虚荣心，让我暴露了人性的弱点，开始和我交流起心得体会来。

王国维的“做学问三境界”，完全适用于公司精神的同化过程。他说，我朝你眼睛里揉砂子，对你来说就像“昨夜西风凋碧树”，确实令你伤心、伤神。但是，你要忍耐，要“衣带渐宽终不悔”。熬到一定火候，你会豁然开朗。那时候蓦然回首，你会发现至高境界的宽容人格，已经在“灯火阑珊处”等你。所以，我敢背负怨恨，冒天下之大不韪，朝员工眼里揉砂子，就是为了帮助大家进入第一境界。第二境界就看各位的耐受力和造化了。这是我最招骂、最不省心的一步，也是最关键的一步。你已经看到，既然我要求你忍受眼里的砂子，自己就得忍受咒骂。否则大家都会功亏一篑，失去进入第三境界的机会。

CEO 正说得起劲，大路上忽然射过来一束强光，将他的面孔照得光怪陆离，形如厉鬼。接着传来的卡车引擎的轰鸣，完全覆盖了他津津乐道的声音。他只好安静下来，等待卡车从大樟树下驶离。

不只是卡车，你什么都要忍受。大樟树重陷黑暗后，CEO 的声音又幽幽地传了过来。W 公司精神的实质，就是一个“忍”字。他说，你们眼里的砂子，就是“忍”文化的象征。

CEO 的夫子自道，让我想起了鸭嘴帽，想起他的左眼。那只差不多已经石化了的眼睛，作为“忍”文化的象征，岂不是更加典型？但我无法把自己的想法告诉 CEO。表达媒介的局限性让我一声叹息：摇晃树枝的方式，比手语或旗语还要简陋。谁能通过它来描述一只像是鱼眼的眼睛呢。

你已经知道，CEO 继续说，不是无论谁，我都朝他们眼睛里揉砂子；也不是无论谁，预放了砂子都能混进公司来。因为我只朝有潜质的人眼睛揉砂子。一旦放了砂子，我们就终生结缘了。说着，他的声音唏嘘起来：这些人生是 W 公司的人，死是 W 公司的鬼。

我掏出面巾纸擦拭起眼睛来，但不是由于受了 CEO 感染，而是因为我的左眼一直苦涩着，不时地流眼泪。在飒飒风声里，CEO 似乎辨析出了我的动静。你别老是擦来擦去的。他说，既然取不出砂子，你只有接受结果；接受了结果，你不就变得宽容和包容、能够不计个人得失、原谅他人过错了吗？这不正是我们 W 公司精神的成果吗？

CEO 的话一张一弛，一擒一纵，令我心惊。因为一个月来的遭际，似乎也使我逆料到了某种结局。我听见他掏出面巾纸擤鼻涕，不知是不是说到了动情处。他擤完了鼻涕，加重语气说，身为公司白领，你两条横幅一拉，负面的舆论效应立刻就会产生。且不说 W 公司的美好形象毁于一旦；已经上市的 A 股，也会一落千丈。那样的话，受影响的就不只是公司几千名白领和蓝领；社会上成千上万的股民，说不定其中就有你的亲戚、老师、同学、朋友……收益会马上缩水，甚至倾家荡产、家破人亡……

虽然我没有 CEO 所说的那么多亲族师友购买 W 公司的 A 股，但我想，真要由于我拉的两条横幅让股民陷入灭顶之灾，我确实不能不犹豫。接着，CEO 有些哽咽的声音，透过樟树枝叶殷殷地传了过来。我们有缘无仇，他说，何必苦苦相逼呢。

我不是逼你，我说。但是我的声音细如蚊嘤，就连自己也听不清楚。偏偏这时候，我口袋里的手机响了；掏出一看，是父母打来的。我立即按了听音键，将手机对准耳朵。父母在电话里告诉我，公司派人对员工家属做“月访”来了，还送了慰问金。他们说这下好了，老两口治腰、治腿有钱了。他们直夸W公司好；来人直夸他们儿子好。我忽然明白了W公司为什么要做“月访”，对着手机喊，你们不要……

父母听不清我的话，纷纷对我喊，不要什么？……喂？

……舍不得花，我说，同时流下了酸楚的泪水。

电话里，父母的声音依然在相互覆盖：……市花？……听领导话啊。

我黯然挂断了手机。CEO似乎对我父母的想法有所感应，语重心长地说，退一万步讲，不接受我们公司精神，你可以辞职，我一定欢送。毕竟你做W公司白领，已经满月了。

我怅然若失，倚在树枝上，已经无力摇晃哪怕是最细的一根枝条了。因为我知道，取不出砂子，到其他公司便毫无意义；最终我只有回到公司，默默履职。

真到其他公司，恐怕就不是朝你眼里揉砂子那么简单了。CEO关切地提醒我，你该不会不知道，天下乌鸦一般黑吧？

随即，在暮色四合的樟树上，CEO伸平双臂，像美国飞侠杰布·科里斯那样纵身一跃。宽大的黑风衣像翼装一样展开，他让自己变成了一只巨大的乌鸦。

故事到这里，就结束了。

那次树上夜谈，已经过去了二十年。二十年后的现在，也许你早就猜到，我已经做了 W 公司 CEO。就任首席执行官这件事情，说明世事难料，也给了我对故事狗尾续貂的机会。

二十年前那个秋夜里，CEO 飞下大樟树，很快便隐没在夜幕里。我心情复杂，久久呆在树上，一动不动，直到秋雨淋漓而下，全身湿透。到了后半夜，我湿漉漉地溜下大樟树，在漆黑的雨幕里，两只手朝前平伸着，像盲人摸象一样，深一脚浅一脚，一步一滑，朝公司宿舍摸去。路上的坎坷，差不多成了那以后我人生旅程的象征。黑暗中的跋涉，让我有足够的时间思考 CEO 安排的樟树夜谈。到了乡村与城郊的结合部，黑暗终于消失，我看见一片光明。我知道那不是幻觉，而是天启。

天亮了。到了上班时间。我没有拉横幅，更没有辞职，而是走进了 CEO 办公室。我看见头天夜里他当作翼装的那件宽大的黑色风衣，正挂在老板桌边的衣帽架上，地板上还滴着一些水渍。我走向他，走近他，依然没有停下自己的脚步。他抬起头看着我，问，有事吗，年轻人？

有。我泪流满面，对 CEO 说，你昨天夜里那些话，说明恶人总是想美化恶行，或为作恶找借口；一旦天谴降临，又会用同样的理由为自己开脱。

CEO 的脸顿时红得发紫。他想说点什么，嘴巴在脸上张开，喉咙里却没发出一点声音。

只有一种情况，我定定地看着他说，可能是例外的。

哪一种情况？他缓过劲来，被动地问，有这样的可能？

当事人的主动要求。我说，请你在我的右眼里，也揉进一粒砂子吧。

我成为W公司CEO，虽然与两粒砂子不无关系，但也不是一蹴而就。

自右眼也放进砂子以后，时光在我的生命里，放缓了速度；昼夜的长度，因此增加了一倍。在相当于平时两倍的光阴里，我自然忍受了类似几何裂变的痛苦，超负荷地工作着。CEO对我的表现看在眼里，顺势给我增加了更重的工作量。由于两只眼睛都放进了砂子，我感到工作重负并不算什么，因为已经成为自己克服双眼痛苦的有效途径。

我的表现，让数据研究室主任鸭嘴帽忍无可忍。他断然摘掉了左边的眼球，装了个烤瓷的，以代替眼里的砂子。生理上的自残与心理上的自虐，让他的眼睛整天像斗鸡一样喷火，把我视为克星。我们的关系，因此变得十分微妙：相互敬重，乃至敬而远之。

随着时间的缓慢流逝，W公司出现了两个CEO“次席候选人”：一个是敢于对自己两眼双管齐下的我，因为我主动把自己忍受的苦楚提升了一倍；另一个是鸭嘴帽，那已经不是放几颗砂子的问题了，而是装上了玻璃弹珠大小的假眼。W公司的员工也反应不一，分作两派。艾碧一脉认为我有过人的、或是双倍的忍耐力，可以称得上“忍人”，因此有希望赢得CEO“次席”。而茜迪一脉则不同意艾碧们的看法，认为我不过是以量取胜，而鸭嘴帽是以质胜量。两粒普通的砂子，怎么比得上一只烤瓷的假眼？茜迪说，一只假眼不要说胜过两粒砂子，就是PK十粒砂子，也绰绰有余。

但是，就在前不久，公司董事局投票结果出来了，我险胜鸭嘴帽，做了CEO“次席”。

CEO代表董事局阐释决策意见，认为我的竞争对手鸭嘴帽没能准确领会W公司精神，操之过急，摘除眼球装上假眼，做过了头，过犹不及。W公司精神的核心是“忍”。CEO说，“取消问题法”很不可取——没法解决“忍”的问题，就干脆取消它，与公司精神很不吻合，甚至背道而驰。他指出，装上烤瓷的假眼和眼睛里揉的砂子，在逻辑上没有可比性，而公司本意也不是倡导大家走极端，仅仅是忍受眼里的一粒砂子而已。当然，两粒更好！CEO说，地久天长地忍受，谁能做到？然后，他点了我的名字，说现任“次席”自动自发做到了！接着又点鸭嘴帽的名字，说他会错了意，欲速则不达，只有失去机会，败落出局。

我听了CEO对我和鸭嘴帽的对比评述，很不自在。原因是他对我的肯定，可以同时当作否定理解。只有我知道自己每天都濒临崩溃，与鸭嘴帽不过是五十步与一百步的区别罢了。

没想到，我只做了几天“次席”，CEO便在“世界翼装极限飞行大赛”预选赛时出了事故。他凌空展开翼装后，一粒没有眼色的砂子，不合时宜地挤进他戴了护目镜的左眼。CEO 用一瞬间走完了全公司人几十年的痛苦历程。临终前，他让家人谁也不要抱怨，说那是上帝之手送来的一粒砂子。他提议董事局安排我继任 CEO，鸭嘴帽做我的“次席”。鸭嘴帽望着我，嘴里“哼”了一声，发出不服气的鼻息。弥留之际的 CEO 回光返照，望着鸭嘴帽，让我俯身贴向他，耳语道，这是我……朝你眼睛里揉的……最大……和最后……一粒砂子了。

他闭上了眼睛。为他抚平眼睑时，我本来以为他眼皮下面会疙疙瘩瘩，至少有两粒以上的砂子；但是，我的手感异常平滑柔软……唉，安息吧。

我出任 W 公司 CEO 后，第一个秋季如期而至。因为球三角的地缘优势，公司又招录了不少 211 大学应届毕业生。我坐在 CEO 办公室，用传呼器对新任办公室主任艾碧说，让数据研究室新招的程序分析员来见我。不一会儿，一个身着黑色西装的年轻人，气宇轩昂地进来了。我抬起头来，看见了二十年前的自己。

这个程序分析员的眼睛真亮啊。我内心感叹道，随手捏起一粒砂子。想起自己到 W 公司报到当天的情景，捏着砂子的手让我全身微微颤抖起来。到底要不要像已故 CEO 那样做，我非常犹豫。面对新任程序分析员的眼睛，确切地说，是年轻人的左眼，我手里的砂子放还是不放，真是个问题。如果放，他就要重温我二十年前的噩梦；如果不放——我有权力扔掉手里的砂子，那么，W 公司精神的传统将会因此中断。

小伙子彬彬有礼地站在我面前，已经等了很长时间。每一秒钟，对我，对他，对公司，都是千钧一发。真是说时快，那时迟啊。

但是，最终，我做了你所希望的。